私家版 聊齋志異

ATsushi
Mori

森敦

P+D
BOOKS
小学館

目次

想い幽かに

わたしがこの世に生を受けたころは天災があいつぎ、旱(ひで)りして五穀みのらず、飢えた人々は食を求めて樹皮を剝きとり、屍(しかばね)をすらあばいてこれを食らったといいます。あたかも、都北京(ペキン)にあっては蓆旗(むしろばた)を掲げて寄せる一揆を煽動した李自成(りじせい)が、自ら闖(ちん)王と称し入城して毅宗(きそう)皇帝を自害させ、山海関の鎮将呉三桂(ごさんけい)の愛妾を奪ってわがものとする。呉三桂はまたこの愛妾を救うと称し、北辺を脅かしつつあった清軍を入れて李自成を追い、明を滅亡せしめて進んでわが中国を満人の支配するところたらしめました。かくて、清は明将をもって各地に蜂起した反満興漢の徒を討ち、骨肉あい戦って阿鼻叫喚、虐殺暴行、目をおおうばかりの惨状を呈したのであります。しかも、反満興漢の徒はなおながきにわたって蜂起しやむことはなかったのです。

謝遷(しゃせん)の乱から三年後わたしが十一歳のとき、棲霞(せいか)の于七(うしち)が衆を率いて寧海(ねいかい)を破り、州知事劉文淇(りゅうぶんき)を敗死させました。殺戮無惨、この乱は于七をはじめその残党が掃蕩されるまで、じつに十三年のながきにわたったのです。あるとき、心ならずもこれに巻き込まれて岠嵎山(きょぐうさん)にあった在所の李化竜(りかりょう)が、夜陰に乗じて逃がれようとすると、禁旅の大軍が軍靴の音も高々と来るのです。禁旅の軍とは近衛軍団のことで、不審の民とみればすべて反満興漢の徒とみなして、情容赦はなかったのであります。

すでに、屍は累々とあたりに横たわっている。李化竜は恐れおののき、隠れるすべもなく屍の間に臥して死んだふりをしていました。幸い、難はまぬかれたもののようで、軍靴の音も遠のき、あたりは寂まりましたが、仰天して身動きもできずにいると、頭のない屍や腕を落とされた屍が林のように立ち上がり、首を刎(はね)られながらもまだ頭を背中にぶら下げている屍が言うのであります。

「野良犬の大旦那が来たぞ！」

すると、屍たちは申しあわせたように、

「野良犬の大旦那が？　どうする。どうする」

と、呟きあうのです。まるで木霊が響くようでしたが、屍たちはぱたぱたと倒れて、またシンとなりました。李化竜は気も顛倒しながら、立ち上がって逃げようとしましたが、闇の中から獣面人身のもののけが現われて、身をかがめては屍の脳味噌を食うのです。怖気(おぞけ)をふるって屍の下に首をつっ込んだものの、もののけはやがてその屍のそばに来て、肩を引き首を取ろうとするのです。そうはさせじと必死でつっ伏していると、もののけがもぐり込んでいる屍を押しのけたので、ひょっこり李化竜の首が出ました。

李化竜もいまはこれまでと観念し、手さぐりに腰のあたりを探しました。ちょうど、椀のような大きな石がある。シッカとそれを摑んで、かかって来るもののけに食らわすと、もののけは梟(ふくろう)のような声を上げ、口をおおって逃げてしまいました。道に血を吐いているので、よく見るとその血の中に二本の歯が落ちています。李化竜はその歯をふところに入れて持ち帰り、ひとに見せましたが、それがなにものの歯かだれ知ろうはずもありません。ところが、思わず叫んで憚るようにわれと口をおさえる者がありました。

「あの、それ、大旦那が前歯を二本折ったって、苦しんでたじゃないか」

大旦那というのは、その界隈きっての大商人です。しかし、李化竜の拾った二本の歯は、四寸あまりの長さがあり、中が曲がって先が尖り、どう見ても人間のものではないのであります。あるいは、人と見たものがじつはもののけであり、もののけなればこそこうした世をわがもの顔に渡っていられたのかもしれません。

于七は棲霞の出であったので、連坐して処刑された者は萊陽にも及び、ある日のごときは数百の民が済南演武場で殺戮されて碧血は地に満ち、白骨が天を支えるほどでした。処刑にあたった将軍はせめてもの憐みに棺を施したので、城内の棺屋には材が尽きたといいますが、それでもこのために受刑者の屍は、なんとか済南の南郊に葬られたのであります。

世もやや鎮まった康熙十三年、萊陽から生員が下僕を連れて、この済南にやって来ました。生員とはすでに科挙試験に応ずる資格を得、九品官吏の待遇を受けているものの謂いであります。たまたま、親戚や友人がこの受刑者のなかにいたので、死者に贈る紙銭を買い求め、どれがどれとも知れぬまま荒れ塚に供え、別院の僧侶に部屋を借りて、明くる日の用事をたしに城内に行き、暮色のただようころ帰ってみると、もうろうとして定かではないが、部屋の寝台に青年がひとり寝ている。声をかけると、青年は下僕とでも思ったのかもしれません。

「うるさいなァ。押しこみじゃァあるまいし、お前のご主人を待ってるんだよ」

そう言うので生員が、

「そのご主人がこのわたしだよ」

と笑うと、青年はとび起きて冠をつけ、揖礼して腰をおろし、時候の挨拶をするのです。それもどうやら覚えがあり、知りあいの声らしい。急いで下僕に灯を持って来させると、おなじ萊陽の生員だった朱で、たしか処刑されて死んだはずの人です。恐れて後ずさりすると、朱は引きとめて、

「きみとは詩文の友じゃないか。ぼくはもうこの世ならぬ者だが、旧交をなつかしむ情に変わりはない。ちょっと頼みごとがある。聞いてもらいたいんだ」

「というと……」

と、生員も腰をおろすと、

「きみの姪御がまだひとり身なんでね。妻になってほしいとしばしば仲人をやるんだが、いつも目上の人のお許しがないという。ひとつ口をきいてはもらえまいか」

生員には早くから母を亡くしたので、引きとっていた姪がありました。これが十五になったので家に帰したのですが、この済南まで来たとき父が処刑されたと聞いて、悲しみのあまり死

んでしまったのです。このたび、生員があの荒れ塚を葬ったのも、むろんこの姪を傷むこころもあったのであります。

「しかし、あの世ならあの娘(こ)の父がいるはずじゃないか」

「ところが、おおおじの兄さんに改葬されて、いまはここにいられないんだ」

「じゃ、あの娘はだれの世話になっているんだろう」

「隣りの媼(としより)といるんだよ」

それにしても、この世の者があの世の人の仲立ちができるだろうか。生員はそう思ったが、朱に強いられるまま立ち上がって北へ一里ほど行くと、大きな村落があって半ば欠けた月明かりにおぼろげながら数十百戸の家が見えます。

とある家まで来て朱が門を叩くと、両扉が開いて媼が出て来て用向きをたずね、

「手狭な家ですから、あなたはそとで待っていて下さい」

門外に朱を残して、生員を連れてはいりました。中は半畝(はんぽ)ほどの荒れ庭で、軒の下に小部屋が二つ並んでいます。姪は戸口に出迎えながらすすり泣くので、生員も思わず目頭の熱くなるのを覚えずにはいられません。しかも、明か明かとともる部屋の灯に見れば、その顔はきよらかで、なんとも言えず美しい。やがて、生員の妻やおばたちのことを訊くので、

「みんな変わりはないが、うちのは亡くなったよ」

生員がそう答えると、娙はまたすすり泣き、

「小さいときからお世話になったのに、御恩も返さずこんなことになって。去年、おおおじの兄さんが父のなきがらを遷したとき、わたしのことなぞ振り向いてもくれなかったので、幾百里も離れたこんなとこに、ひとりぼっちにされたのよ。でも、おじさまはお見限りもなく、お銭まで下さって」

と、あの荒れ塚に供えた紙銭のことを言うのであります。してみれば、どれがどれとも知れなかったが、あれが娙の塚だったのでしょう。頷き頷き生員はあらためて朱の頼みを告げていると、としのころ十七、八の女が、青衣の小おんなを連れてはいって来ました。しかし、生員を見るなり身を返して逃げようとするので、娙はその裾をにぎり、

「いいのよ。これ、おじさまなの」

そう言って引き留めてくれたので、生員が揖礼すると女もうやうやしく礼を返すのです。娙は更に、

「いまはわたしとおなじで困ってられるけど、もとは棲霞の公孫氏の九娘さまなのよ」

「ご大家の方だろうと思っていました。でなければ、こうもお美しいはずがない」

と、生員が言うと九娘は笑って、ほのかに面(おもて)を紅(あか)らめるのです。その笑顔といえばまどかな秋の月のよう、その羞じらいは淡く暈(ぼか)された朝霞ともみまごうようで、天女を夢見る心地です。

姪は笑って、

「それに、詩文のほうもおできになるのよ」

「いやだわ。恥をかかせないで」

九娘が手で打つ真似をすると、姪はまた笑って、

「おじさまはまだ後妻がないの。どう、おじさまお気にめさない？」

「バカね」

九娘はまた手で打つ真似をして、行ってしまいましたが、

「おじさま、この世ならぬ者だとお恐れでないなら、九娘のお母さまにお願いしてみるわ」

すでに情を察するもののように、姪が言うのであります。だとしても、九娘とは世を異にしている。そんなことが適うものだろうか。ぼんやりとそう思っていると姪は、

「いいのよ。この世ならぬ人といっても、おじさまとは世を越えた宿縁があるの。五日して月が冴え、ひとの寝しずまったころ、だれか迎えにやるわ」

送られて生員は外に出ましたが、れいの月明かりでなんとかさきほどの途がわかるのです。見ると南に向いて一軒の家があり、朱が馬に乗るための足置きの門石に腰をおろしている。生員が近づくと気づいたように立って迎え、手をとって家に入れ、金盃と佩玉を取りだして、

「こんなものだが、結納代わりにね」

そう言って更に酒を勧めようとするのを断わって、生員は帰って来ました。不審がって別院の僧侶や下僕が尋ねるのをお茶に濁していると、果たして五日後の月の冴えたころ、朱が相好をくずし、扇をつかいながらやって来て、

「きみのお目出度はきまって、今夜が式なんだ。来てくれたまえ」

と、言うのであります。

「返事がなかったから、まだ結納もあげてないじゃないか」

「それはぼくが代わってしておいたよ」

生員は厚く感謝して、朱とともに朱の家につくと、姪があでやかに装って、笑顔で迎えてくれたので、

「おや、いつ輿入れしたんだい」

そうからかいながら、生員は朱からもらった佩玉を飾りにでもしろと言って、辞退するのを無理に手渡すと姪は喜んで、

「おじさまの気持ちを公孫のお母さんに言ったら、とても喜んでたわ。でも、こんなとしで身寄りもないから、九娘を遠くにやるのはいやだとおっしゃるんでしょう。今夜はおじさまが、あちらに婿に行くことにきめてあるの。あちらには男がいないから、うちのひとといらっしゃいよ」

朱に案内されて行くと、村も尽きようとするあたりに大門をあけた邸(やしき)がある。二人が通ると知らせがあって、老夫人が腰元に手をとられて階(きざはし)を上がって来ました。生員が拝礼しようとすると、

「このとしでご挨拶もなりかねます。他人行儀はよしましょう」

と、腰元に指図して盛んな酒宴になりました。朱もまた家人を呼んで、別に馳走を生員の前に並べさせ、一壺の酒を用意して来客たちに振る舞わせる。その飲み食いはこの世ならぬところとも思われませんでしたが、あるじはただ杯を挙げるだけで、まったく人には勧めないのです。

酒宴が終わって朱は帰って行きました。生員が腰元に連れられて部屋にはいると、九娘は華燭の中で身じろぎもせず待っていて、その情(なさけ)はまたひとしお、二人は歓びの限りを尽くしたのであります。歓び尽きると九娘はやがて詩に托してみずからを語り、さめざめと泣く。この九娘母子も押送されて都に向かい、済南にかかって母が困苦に堪えられず死んだので、自分も頸を切って果てたというのですが、相抱いて生員ももらい泣きしているうちに、もはや夜も明けようとしています。

「さァ、お戻りにならなくっちゃ。ここはこの世の人のいるとこじゃないのよ」

「この世の人のいるとこじゃないって？　きみが戻れというとこが、人の姿をしたもののけで

でもなければいられないとこだってことは、あなたがよく知ってるはずじゃないの」

きぬぎぬの別れを惜んでいると九娘は、

「そんなことおっしゃらないで。召使たちを起こさないようにね」

と、せかすのです。それからというものは、生員は夜ごとに通って、身も心も奪われてしまいましたが、ある夜九娘に村の名を訊くと、

「萊霞里っていうの。萊陽と棲霞の者が多いもんだから。千里の遠くから来たか弱い魂が、いつきもならずさまよっている。お話しするのも胸が痛むわ。かりそめの契りをいとしんで、わたしの骨をお宅の墓のおそばに葬り、いつの世までも添えるようにして下さったら、御恩は決して忘れないわ」

生員が胸をつまらせて引き受けると、九娘は、

「ここはこの世ならぬところで、宿縁があるといってもやっぱり違うのよ。長くてはいけないわ」

形見にと薄絹の襪(たび)を贈って、はらはらと涙を落とすのであります。憂いに沈んで出るには出たが、生員は心かなしく朱の家の門を叩くと、朱は襪もはかず姪も寝くたれ髪で出て来て、驚いて聞くのです。やっとのことで生員がことの次第を話すと姪も、

「わたしも朝晩そう思っていたの。長くいたら、ためにならないわ」

みなして涙にむせび、生員は別れて別院に帰ったが寝つかれません。朝待ちかねて九娘の墓を捜しに行ったものの、墓標に刻まれた戒名を聞かずにいたのに気づき、夜にまた行ってみることにしました。しかし、数知れぬ荒れ塚があるばかりで、萊霞里への路はわからない。恨みもし悲しくも思い、別院に戻って形見の薄絹の襪をとりだすと、風にあたって灰のように崩れるのです。生員にはたしか寝物語に聞いた九娘の詩が、にわかに思いだされて来るのであります。

在(あり)しあの日にわが愛でし
晴れ衣も朽ちて塵となる

生員は旅装をととのえ、東のかた萊陽に帰りはしたものの、忘れかねて半年(はんとし)の後ふたたび済南に戻って来ました。すでに夜に入っていましたが、月のあるまま立ち木に馬をつなぎ南郊の墓所をおとずれたのです。塚は荒れるがままに草むらにおおわれ、人魂がもえ狐が鳴いて、その凄じさは言いようもありません。

生員はとどまる気も失せ、馬を返して一里ばかり来ましたが、月明かりの中をひとり遠く墓原の中を歩いて行く女がいます。鞭をふるって馬を近づけると果たして九娘で、下りて話そうとしましたが、知らぬふりで行こうとするのです。それを更に近よると、怒ったように袖を挙げて顔をかくす。生員はたまりかねて、

「九娘！」

と、呼びかけましたが、九娘はそれなりふっと消えてしまったのであります。

人のありて

清が明将をして、各地に蜂起した反満興漢の徒を討たしめ、骨肉あい戦って阿鼻叫喚、虐殺暴行、目をおおうばかりの惨状を呈したことは、すでに述べたとおりです。南京には弘光帝福王、福州には隆武帝唐王、広州には永暦帝永明王が明の遺臣によって擁立されたものの、すでに明朝は亡びたにもかかわらず、なおかつての廷内の抗争を持ち越して、互いに離反したばかりでありません。いたずらにおのれを高しとして各地に蜂起する徒と結ばず、いわゆる後の三藩呉三桂、尚可喜、耿精忠の伐つところとなりました。言うまでもなく、呉三桂は進んで清軍を引き入れたあの山海関の鎮将ですが、これまた反いて周王と称するに及んで、康熙二十年、呼応した他の二藩と共に亡ぼされてしまったのであります。

仮借のない弾圧が、言論にも及んだことは申すまでもありません。これについて思いだされるのは、浙江の富豪荘廷鑨のことで、荘廷鑨は明末の宰相朱国楨の「史概」なる明史の遺稿を買いとり、依嘱して未完の部分を増補し、参閲者十数人の名を連ねてみずからの名をもって刊行しました。ところが、その筆が明末の抗清に及ぶとして、もとの知事呉之栄に告発されたのです。荘廷鑨はすでにこの世を去っていながら、棺をあばかれて屍を斬られ、一族みな殺しにされたばかりか、罪は「史概」に名を連ねた者はむろん、累が及んで斬られる者じつに七十人の多きに及びました。人これを呼んで修史の難というのであります。

査伊璜先生は荘廷鑨とおなじ浙江の産であり、賢者の聞こえも高い文人でもあったので、この「史概」に名を連ね捕えられて死罪に問われましたが、幸いに難を免かれることができました。それにはこんな不思議な出会いがあったのです。ある清明の節句、査伊璜先生は野寺で仲間たちと卓を囲んで盃を傾けていました。清明の節句とは陰暦三月、陽暦四月五日のころにあたりますから、みなして咲きごろの庭の桃の花をめでていたのですが、ふと同席のひとりがこう言うのです。

「おや、あれはなんだね」

見ると、堂の前に二石入りの甕よりも大きな釣り鐘が置いてある。どうやら古いものらしいが、新品のようにみょうにてらてらしているのです。それに、よごれた土の手あとがついているから、だれかがこの古い大釣り鐘を、いつもなにかに使っているのかもしれません。怪しんだひとりが降りて近づき、土の窪みの隙間から窺いて、なにが入れてあるかわからないが、八升ほどもはいる竹筐みたいなものが隠してあると言うのです。つづいて数人どやどやと降り、大釣り鐘の耳を持って力いっぱい持ち上げようとしましたが、微動もしないのであります。驚いて堂に上がり酒盃を交わしていると、衣服もボロボロなきたない男が現われて、お貰いらしい乾飯をそばに置き、すっと片手で大釣り鐘を持ち上げ、乾飯をすくっては竹筐に入れ、入れ終わるとまた大釣り鐘を下におろして、どこかに行ってしまいました。

「あんなのが、『易筋経』にいう鉄布衫大力の法でも会得すれば、沙回子のようになるんじゃないか」

　呆れてひとりがそう言うと、ひとりが頷いて、

「そうだな。沙回子？　指を並べてさッと切ると牛の首も飛び、突けばその腹に穴があいたという……」

「そうそう仇彭三公子の家にいたとき、鐘木のように大木を宙に釣し、力自慢の下僕に根かぎり引かせて手を放させた。そいつを腹を出して受けとめると、ごんと音がして大木は遠くはね返されたというあれかね」

「いや、睾丸を出して石の上に置き、思いっきり槌で打たせても、屁ともなかったというよ」

などと笑いあっていると、れいの男が現われて大釣り鐘を持ち上げ、また貰って来たらしい乾飯でいっぱいにした竹筐のものを、ペロリと平らげてしまいました。

　査伊璜先生もさすがに舌を巻き、堂から男に声をかけて、

「大した力だ。お前のようなのが鉄布衫大力の法でも会得すれば、沙回子にもなれるだろうと、いま話していたところなんだ。見れば物貰いらしいが、どうしてそんなことをしてるんだね」

「大食らいなので、どこに傭われてもすぐ出されてしまうのです。妻からまで見放されてしまいました」

　男がそう答えると、突然問う者がありました。

「お前は学政王七襄の門番だったんじゃないのかね。あれも力持ちで、大変な大食らいだと聞いてたが……」

学政とは総督、巡撫などと等しく、皇帝の命によって派遣された教育行政の総監で、生員はこの学政のもとで科挙試験を受けるのであります。れいの謝遷の乱には済南の役人の邸はことごとく賊徒のたまり場にされました。ことに、王七襄の邸は学政のそれにふさわしく大きかったので、賊徒のもっとも大きなたまり場のひとつにされていたのです。したがって、清軍が入城してこれを掃蕩したとき屍は階の下を埋め、血は満ちあふれて門外まで流れ出たほどだといいます。

難を避けていた王七襄は、帰城してその屍を運びださせ、その血を洗い流させて、ふたたび邸に戻って来ました。しかし、白昼も幽鬼を見ることがあり、夜は寝台のそばまで燐火が飛んで、牆壁のあたりから哭き声が聞こえるのです。たまたま、王皞迪という生員が泊まって寝ていると、かすかな声が「皞迪！」と呼ぶのであります。といって、あたりに人のいる様子もない。気のせいかと思っていると、なおも、

「皞迪！　皞迪！」

と呼び、しかもその声が次第に大きくなって、

「無念だァ……」

と、言うと庭中で哭く声がするのであります。王七襄もこれを耳にしたのでしょう、剣を提(ひっさ)げて出て来、

「黙れ！　われは学政なるぞ。皡迪ごときただの生員ではない。あなどるな」

と、一喝しました。当時、王七襄は勢威かくかく、その名を聞く者は恐れて、わなわなと脚を震わせたほどです。むろん、その威をたのんだのですが、にわかに幽鬼どもの哭くのをやめ、鼻先で笑いはじめました。ここに至って、王七襄も学政の威をもってするも、幽鬼を服し得ぬことを知ったとみえます。あらためて祭壇を設けて、僧侶、道士に供養させ、夜に入って鬼飯を投げ与えると、庭のそこここから燐火がめらめらと燃えあがって来るのであります。

あたかもその夜のこと、この数日かなにかしらないが眠りつづけて意識も定かでなかったかにみえた門番が、伸びをして気がついた様子なので、妻が食事を出してやると、

「お腹はいっぱいなんだ」

と、押しのける仕草をするのです。

「なんだね、お前。あの大食らいがここずっと食わずにいたから、出してやったのに……」

この門番は底なしの大食らいで、バカ力があるばかりになんとか傭われてはいたものの、そのために妻からもしばしば別れ話まで持ち出されていたほどだったのです。

「いや、なんのことやらわからんが、ご主人がみなに飯を施してるんで、おれも思いっ切り食

って戻って来たんだ」

あるいは、門番は幽鬼とも気づかず、幽明境の彼方に遊んでいたのかもしれません。男は学政王七襄の門番のあの大食らいの力持ちかと問われても、ただあいまいに笑うだけで答えないのです。それがまさにそうでお恥ずかしいというようでもあり、そんなバカげたやつがまだ他にもあるのかといった、羞じらいのようにもみえるのです。いずれにもしろ、その大力には鉄布衫大力の法の沙回子の話も出たほどです。査伊璜先生はその尋常ならざるを惜しんで、せめて軍にはいって、卒にでもなれと進めましたが、

「いまとなっては、つてもないので……」

と、男が言うので連れ戻って食を与えると、五、六人ぶん平らげてもなお平然としているのです。査伊璜先生は感服して、更に衣類や靴ばかりか五十両の金を与え、励まして帰しました。

後、査伊璜先生は福建に遊び、知事をしていた甥の邸にいると、

「叔父さんは呉六奇（ごろつき）将軍をご存知ですか」

突然、甥が言うのであります。

「呉六奇将軍？ 覚えがないな。どうしたんだね」

そう問い返すと、

「じつは、先日その呉六奇将軍に会うと、査伊璜先生がいられるそうだが、きみのなにがあた

るんだと訊くんでね。叔父なんだがどうしてと尋ねると、いや、査伊璜先生とはお別れして十年の余にもなるが、片時も忘れたことがない。本来ならばお訪ねしてお目通りを願うべきだが、なんとしても御来駕いただくよう、ぜひにお伝え下さいと言うんです。しかし、叔父さんのような方に、武人の弟子などあるはずがないと、申し上げずにいようかと思っていたんですよ」

「まさにわたしは文人だが、かりにも将軍と呼ばれる人がそう言ってくれるのに、礼を尽さぬわけにはいかんじゃないか」

査伊璜先生が下僕を連れ、駕に乗り訪れてみれば宏大な邸であります。刺を通じると便服ではあるがあきらかに呉六奇将軍と覚しいその人が、急ぎ足に大門まで出て来て迎えてくれました。それにしても、そのひとにまったく心あたりがありません。なにかの間違いだろうと思いましたが、呉六奇将軍は身をかがめて、うやうやしく招じ入れるのです。三つ四つ小門をあけて奥深くはいって行くと、往き来する女たちが見える。査伊璜先生はそこがもう住居だと思って足を止めると、呉六奇将軍は一揖（いちゆう）して手を差し伸べ、更に奥の広間へと案内するのであります。

簾を巻く者もいれば、椅子を運んで来る者もいるが、みな呉六奇将軍の側女（そばめ）のようです。査伊璜先生が挨拶を述べようとするとあわてて押しとどめ、呉六奇将軍は頤（あご）で合図して、捧げ持って来た礼服に着かえようとするのです。そして、多くの側女たちに袖をのばさせたり、襟を整えさせたりしてやっと着かえおわると、呉六奇将軍はあらためて君父に対するように、査伊璜先生を拝礼するのです。

やめさせようとしても、これまた多くの側女が押えて、査伊璜先生がそうすることも許しません。ただ呆然としていると、呉六奇将軍は拝礼を終わり、またもとの便服に戻って座につき、にっこりと笑うのであります。

「奇しくもきょうは清明の節句。査伊璜先生はかつて野寺の大釣り鐘の下に、貰いものの乾飯をたくわえていた、大食らいの物貰いをお覚えではありませんか」

「乾飯をたくわえていた大食らいの物貰い？」

そう言われて、査伊璜先生はやっとあのときのことを思い出しましたが、すでに人品が違っていて、これがあの衣服もボロボロな、きたない男だったとは、どうしても見えないのであります。やがて宴席が設けられ、桃の花の咲きにおう庭ではお抱えの楽師たちの演奏がはじまり、側女たちは卓の傍に居並んで酒宴はいよいよたけなわになりました。

宴が終わって寝室にはいると、呉六奇将軍みずから来て枕をとり、

「足はどちらのほうに向けて、お休みになりますか」

などと礼を尽すのです。査伊璜先生は深酒して寝すごしましたが、呉六奇将軍はその間も寝室の外に来て、三度もご機嫌伺いをするのです。あまり鄭重にされるので気が気でなく、いと

まを告げて戻ろうとしても、乗って来た駕の車のくさびがはずされていて、帰ることもできません。致し方なくとどまっていると、呉六奇将軍は側女、女中、下僕や卒はむろん、騾馬(らば)や馬、衣服、用器具等を数え上げてはいちいち記帳させ、洩れのないよう注意している。まるで、これにかかっては寧日なしといった有様であります。

　査伊璜先生はこれがいわばこの人の家政なのかとも考え、深く問わずにいたのですが、呉六奇将軍は更に書画骨董の類から、寝台、机の末に至るまで、部屋部屋の内外に並べさせ、記帳させているのです。さすがに不審の念に駆られていると、幾日かしてようやく記帳も終わったらしい。うやうやしくその帳簿を持参して来て言うのであります。

「呉六奇が今日あるのは、ひとえに査伊璜先生のご厚情の賜物です。一婢一物も私したいとは思いません。なにとぞ、その半ばを差し上げることをお許し下さい」

　査伊璜先生は驚いて固辞しましたが、呉六奇将軍はかまわず帳簿と照らしあわせて、その名を読み上げながら、男には荷づくりをさせ、女には器具をしまわせ、

「以後はこの呉六奇と思って、査伊璜先生に敬事せよ」

と、命じました。そして、一同いっせいに畏って答え、側女や女中は輿に乗り、馬丁が馬や騾馬を曳くのを親しく見まわって、呉六奇将軍ははじめて査伊璜先生に別れを告げたのであります。

あるいは、あの大食らいの力持ちは思いもよらぬ大器で、沙回子の鉄布衫大力の法を修得するがごときたんなる術者の類ではなかったのです。もし呉六奇将軍にして野寺のだれかが声を発したように、学政王七襄の門番だったとすれば、旧妻らしい者も見えなかったと言いますから、太公望のいわゆる覆水盆に返らずの譬えにしたがったのかもしれません。それも定かではないが、その器量はまさに太公望のそれに比すべきものだったので、甥の知事も驚きかつ感服し、

「ただの武人と見ていたが、良賈の深く蔵して無きがごときものがあったのだな」

と言うのです。査伊璜先生が修史の難を免かれ得たのも、またこの呉六奇将軍の口添えによったものだということであります。

若き日に

修史の難にみられたような清朝の仮借なき言論弾圧にもかかわらず、敢えて明朝の遺臣を以てみずから任じた者も少なしとしなかったのであります。これらはほとんど文社と称する科挙受験のための学習塾から出た者で、清朝はこれらを弾圧する一方では懐柔し、抜擢利用もしたのです。むろん、着々功を奏したものの、あえて拒んだ反満興漢の士が強い抵抗運動を試みました。

黄宗義はそうした文社のひとつ、蘇州の復社に名を連ねた人であります。後年、『明夷待訪録』なる書を著わし、じつに天下の主は民であり、天子は民の客であると揚言主張するに至りましたが、明朝亡んで紹興に魯王の擁立されるや、日本国に渡って援軍を求めようとしたのです。

しかも、清朝はこの人をも明史館に招いて、明史の編纂にあたらせようとしたのです。清朝における明史の編纂は、李自成を追うた清軍が順治帝を擁して北京に入城してからただちにはじめられたもので、これによって清朝は天下に明朝の滅亡を知らしめ、かつ王朝の正統な後継者たるを認めさせようとしたのですが、むろん動じようともしませんでした。

顧炎武もまた復社の士と交わって魯王のもとに参じながら、清朝の誘うところとなりましたが、斥けて居を陝西の華陰に求め、『日知録』を著わしました。『明夷待訪録』とおなじく、明朝の蛮夷に破れたゆえんを究明したもので、その母も常熟に兵難を逃れたとき、二姓に仕えるなと遺命して、食を絶って果てたといわれます。

これら二大家に加えて、れいの永暦帝永明王のもとに走り、後に『黄書』を著わして革命思想を鼓舞したといわれる王夫子を、世に尊んで三大師と呼びます。いずれも弾圧の及ぶところとならず、かえって手なずけようとさえしたのは清帝の策のいかなるかを示すもので、わたしたちがよく「夷を以て夷を制する」というように「漢人を以て漢人を制する」、それを武力においてのみならず、言論においてもなそうとしたのかもしれません。しかも、三大師の唱うるごとき大義は一部人士を動かすに止まり、ほうはいたる民衆の声になること、かの弁髪令にすら及びませんでした。

弁髪は満人にとっては武勇の民としての誇りを示すもので、新疆の回部が弁髪を願い出たとき、清朝はこれを許さなかったほどであります。むろん、わたしたち漢人の総髪もそのままに止めようとしたのですが、投降した明臣があり、媚びてみずから弁髪してまかり出たところ、笑って清朝の満人は彼を漢人と称してその列に入れず、漢人もまた彼を漢人に非ずと言ってその列に加えない。

弁髪した降臣は憤然として順治帝に、「天下のすでに一新した今日、なお漢人の風習を残している。すなわち、帝が漢人に従ったので、漢人が帝に従ったのではない」と広言しました。

そこで、「頭を留めるもの髪を留めず、髪を留めるもの頭を留めず」との布令になったのですが、この弁髪を免かれるために多くの志士学者が僧侶となり、道人となったばかりでありません。浙江(せっこう)では民衆が蜂起して、大反乱に及んだのであります。

しかも、この大反乱も弁髪を年余にわたって食いとめたというそれだけで満足したように収束し、民衆はなにごともなかったかのごとく弁髪しはじめました。雑草はよし旱魃(かんばつ)に枯れ台風に倒れようとも、旱魃が去っていささかの慈雨にあい、台風一過して青天を見れば、再び生い繁って思いだそうともしないのです。

とはいえ、わたしごときも三大師らを讃えながら、讃えるばかりでひたすらに立身を夢み、順治十五年十九歳のとき友人とともに済南城に赴いたのです。

生員(しょういん)となって科挙試験に応ずる資格を得ようとしたのですが、あたかも立春で城内の商家はことごとく飾りつけ、街は賑わって人だかりの中から華やいだ管絃歌曲が聞こえる。覗いてみると意外にも、ただひとり少年がいるばかりで、あぐらをかいて指で頬を押えながら演技して多くの楽人が奏し、かつ歌うがごとくみせているのであります。感に堪えて聞き入っていると友人が、

「ほれ、わたしたちの村にも女治療師が来たことがあるじゃないか」

そう言われて、わたしもわたしたちの村蒲家荘(ほかそう)に女治療師が来たことがあるのを思いだしました。としのころ、二十四、五、病家を訪ねて宵を待ち、神々を呼ぶと称し病者を残して、戸

外に家人を出すのです。宵闇の中で家人が寄って来た村人たちとうかがっていると、家の中からにわかに簾をあけて、なにものかの来たような音がし、女治療師の言うのが聞こえるのです。

「九姑（おばさん）、来たわね」

「来たわ」

と、答えるのはむろん九姑でしょう。

「臘梅もお供？」

「お供しましたわ」

と、言うのはお供の臘梅らしい。

このようにして、病家には更に六姑と呼ばれるものが、小間使いの春梅を伴って来た様子。その春梅は猫を抱いた子供まで連れているようです。やがて、四姑が年寄りと来てみなで薬の処方を相談し、がやがやと帰って行くと、病家はまたシンとなりましたが、すべてがまざまざと見えるようなのです。

「あのとき、あれは口技だと笑う者がいたが、口技といってもこれだけやれるためには、わたしたちの勉学とは比べものにならぬ修練がいるだろう」

わたしがそう言うと、友人も頷いて、「そうだなァ。それに、あの病人もあれでウソのように癒ったというじゃないか」

　そのとき、遠く太鼓や笛の音がし、彩楼(だし)が現れて来るようです。彩楼は街々を練って役所に行くというので、わたしは友人と先まわりしてみることにしました。一段と高い役所の広間の大きな前庭にも人垣がつくられています。広間には赤い服を着た役人が東西に分かれ、向かいあって掛けている。どんな役人かわからぬながら、みな美々しく正装しているからにはそうして彩楼を迎えようとしているのだろうと思っていると、人垣の中で箱を背負った老爺が、髪をふりみだした童子を連れ、なにか言っているらしいのです。それも人々の声で聞きとれないのですが、役人たちが笑って黒服の丁使がなにごとか伝えると、老爺は驚いて叫んだようであります。

「桃を出せとおおせられますか。なんでも出してご覧に入れるとは申しましたが、まだ氷も解けぬのに、桃を出せとは……」

　すると、髪をふりみだした童子が、

「でも、父ちゃんはそう言ったじゃないか」

「そりゃそうだが、いまどき桃のあるのは西王母のお庭だけだ。天へのぼって盗んで来るしかない」

「天へ？　どうして……」

「どうしてもこうしても、やってみるまでのことだ」

老爺は箱をおろして蓋（ふた）をあけ、中にあった縄の端を捜して空中に投げ上げました。縄はすると空中に立って高くのび、繰りだしても繰りだしても箱の縄はつきず、いつとなく雲にはいってしまったのです。老爺は童子を顧みて、

「わしもこのとしではもう無理だ。お前、登ってくれないか」

と、言うと童子は不服顔で、

「こんな縄一本で、あの天まで登らせようというの。切れたら、それっきりじゃないか」

「いまさら言っても、仕方がない。うまくいったらお役人さまがたが褒美（ほうび）を下さる。そしたら、お前にきれいな娘を買ってやるよ」

娘を買ってやると聞いて心を動かされたのでしょう、童子は頷いて縄を握ると登りはじめたのです。蜘蛛が蜘蛛の糸を伝わるように、手につれて足がついて行き、とうとう雲にはいって見えなくなり、やがて桃がひとつ落ちて来ました。椀ほどもある大きなもので、老爺がそれを拾ってほくほくと差し出すと、役人たちは手から手に渡して、不審げに眺めていましたが、不意にドサリと縄が地上に落ちて来たのです。仰天した老爺が、

「だれかに縄を切られてしまった！」

おろおろ声でそう言う間に、髪をふりみだした童子の生首が落ちて来、

「西王母の番人にやられたんだ！」

と、叫ぶや叫ばぬに切られた童子の手や足や胴が、無惨にもバラバラと落ちて来るのです。

老爺は人心地もなくそれらを拾っては箱に入れ、拾っては箱に入れしながら、

「天にも地にもたったひとりのせがれだったのだ。いつもこれを連れて南へ北へと旅していたのに、おおせにしたがったばかりに、こんなことになった！　せめて負うて帰って、葬ってやりたい」

そう呟くと老爺は童子の屍体をつめた箱を背負って広間に上がり、ひざまずいて号泣し、

「せめて憐れとおぼし召し、葬いの金でも出していただければ、せがれも草葉の蔭からご恩に報いることでしょう」

役人たちは顔を見合わせ、おのおの金を出してやると、老爺はひとり蕭然(しょうぜん)として去って行きました。人垣をつくった人々もさすがに鳴りをひそめ、やがて彩楼(だし)の笛や太鼓の近づくのも気づかぬていでありました。ここに至ってはもはや単なる口技などというものではない。わたしも友人もたしかにこの目で見たのです。

わたしは友人と蒲家荘に戻り、ともども戸外で村人たちに済南で見て来た一部始終を語ると、みなはただ驚くばかりでしたが、

「それは白蓮教徒のよく使う術だよ。いまも老爺は箱を背負い、童子と連れ立って、どこかの街を歩いているだろう」

そう言う声がするのです。見れば、いつ現れたのかついぞ見かけぬ男です。村人のひとりは笑って、

「白蓮教？　あれは深州の王森が妖狐を救って、その尻ッ尾を祭っただけのものさ。あんなものにそんな通力があるものか」

しかし、見知らぬ男はたじろぎもせず、

「けなす者はよくそんなこと言ってケチをつける。しかし、白蓮教はもともと元のころ、欒城の韓山童父子が、やがて白蓮の花開いて、地上に天国のつくられることを予言されたことにはじまる。その呪術は恐るべきもので、ある師のごときはこんなことすらできたのだ。広間に鉢を置いてさかさまにした鉢をかぶせ、門弟に黙って番をしとれと言いつけて出て行った。ところが、門弟があけてみると鉢には水がはってあり、藁舟が浮かんでいる。柱には帆までかけてあるので、ちょっと指でさわると横ざまに倒れたので、あわててもとどおりにして知らん顔をしていたが、師は帰って来て門弟を怒鳴りつけた。『なぜ言いつけにそむいた！　海の中で舟がひっくり返ってしまったぞ』とね」

「驚くことはないじゃないか。藁舟が濡れてたからだろう」

村人のひとりはなお笑ってそう言いましたが、見知らぬ男は動じる様子もなく、

「そうかい。こんなこともあったんだよ。師は大きな蠟燭をともし、門弟に風に消されぬよう、

見張っておれと言って出た。しかし、いくら待っても帰らんので、うとうととして目が覚めると蠟燭が消えている。はね起きて火をつけたが、師がはいって来てまた責めた。『わたしたちは眠っちゃいないんだから、蠟燭の消えようはずがないじゃありませんか』門弟が抗弁すると師は怒って、『いま、わしに十里の余も暗闇を歩かせといて、なにを抜かす』」

「蠟燭で時さえ知るじゃないか。燃えた長さでわからんようじゃ、どうかしとるよ」

「じゃ、言って聞かせよう。門弟が師の愛妾と私通した。師はむろん気づかぬわけはない。知らん顔で豚小屋に餌をやりに行かせると、門弟は小屋にはいるなり豚になってしまった。それで、と殺人を呼んで殺させ、その肉を売ったんだ」

「と殺人に言いふくめたんじゃないか。言いふくめたんなら、いつかお上に知れるだろう。知れても術があるから逃れられるというのかね」

「そのとおりさ。門弟の親父はせがれがいっこうに帰らんので師に問いあわせたが、久しく来ないと言って相手にしない。ところが、門弟のなかに密告する者があり、知事が知って上司にとどけ、兵千人をもって妻子もろともひっ捕え、樊籠(かご)に入れて都に押送しようとすると、太行(たいこう)山(ざん)の昼なお暗いあたりで身のたけ欝蒼たる樹木をしのぐ妖怪が現われた。眼はらんらんと輝き、口からは尺余の牙が見える。兵たちが肝(きも)をつぶしてたじろいでいると、師が言うんだ。『家内なら追い払えよう』そこで、縛(いまし)めを解かれた妻女が立ち向かうと、妖怪はひと握りにして呑み込んでしまった。『じゃ、息子に立ち向かわせよう』しかし、手もなく息子も呑まれてしまう。『されば、わしが行くよりほかはない』そう言って解き放たせ、剣を持って切ってかかったが、妖怪はこれもひと呑みにして、悠々と立ち去ってしまった」

「それで、うまく逐電したというのかい。手品師でもときにはひとの度肝を抜くようなことをしてみせるものさ」

と、村人のひとりが笑ったが、見知らぬ男はなお表情も変えず、

「たんなる手品で徐鴻儒のもとに、紅巾の白蓮教徒数万が集まったのかね」

ふたりがそんなことを言い合っていると、遠くから声をあげて来てわたしを見つけ、

「いまお前のところに合格の知らせを持って来た者がいるよ。お目出とう。それも、首席だったそうだよ」

村人が息を切らしているのですが、合格できなかったのか友人にはなにも言わないのです。しかし、友人は進み出てしっかとわたしの手を握り、

「首席で生員に？　きみの前途はまことに洋々たるものだね。学政の施国章先生は燕台七子と称せられる当代の詩人。きみの詩文の才を認められたんだよ。及ばずながら驥尾に付すつもりだ」

すると、見知らぬ男は冷やかに言うのです。

「驥尾に付すはよかったね。しかし、やがて第二の徐鴻儒が出、立って数万を動かすとしても、きみたち書生が目ざすような学者先生じゃないんだよ。紅巾の白蓮教徒はまだどこにでもいるのだ」

わたしは笑いながらも、ふと戦慄に似たものを感じないではいられませんでした。あるいは、この見知らぬ男こそ白蓮教徒かもしれません。わたしたちもげんに済南でそれに類するものを見たのです。といって、わたしは必ずしも妖術の威力を恐れたのではない。ただ、彼等はやがて白蓮の花開き、地上に天国がつくられると信じている。そうした夢をわたしは果たしてなにかけているかが思いなされて来たのです。

夢の結び

深州の王森が妖狐を救って、その尻尾を祭ったというのもほんとうのようです。しかし、白蓮教はそもそも東晋の慧遠が東林寺で白蓮社を結んだのにはじまり、念仏三昧してひたすら阿弥陀仏の浄土に往生せんことを願っていたのですが、政が乱れると必ず天変飢餓が起こり、天変飢餓が起こると人々はこの世の救いを渇仰する。白蓮教はいつしか変貌し、弥勒菩薩が下生して明王が現れ、明宗が暗宗に勝ってこの世が極楽浄土と化すると説くに至りました。

弥勒菩薩は釈迦入滅、五十六億七千万年の後にこの世に姿を現し、澆季混濁の世を救うとされている仏で、白蓮教がこれぞ明王であるとするについては、遙かにペルシャから渡来したマニ教を習合したといわれています。マニ教ではこの世に明と暗の二つの根源があり、必ず明宗が暗宗に勝つと信じている。これをもってもその習合が知られるのですが、暗雲がおおって前途に望みを失うと、白蓮教は思いだされたように、人々の心をとらえて来るのであります。

元末もまた政乱れて天変飢餓が起こり、加うるに大氾濫した黄河を収めんとして、徴発された者じつに二十余万人。混濁の澆季を思って、ひとびと等しく怨嗟の声をはなっているとき、たまたま掘り起こされた隻眼の石人を見ると、「道うを休めよ、石人一隻眼と。この物一とたび出でて天下反す」と刻されている。ひとびとは大動揺を来たして、かねてこれあるを予言していた白蓮教主韓山童のもとに走ったのです。立って韓山童は明王を称しましたが、討たれてその子韓林児が小明王に推され、いわゆる紅巾の乱になりました。紅巾とは紅い頭巾のことで、白蓮教徒がその目じるしとしたものであります。
じつに、朱元璋が乞食僧より身を起こし、元を倒して明の太祖となり得たのは、この紅巾の乱を頼んで乗じたためでありますが、敗れ来たった小明王を拝跪して迎えながら、謀臣劉基に叱咤されて揚子江に沈め、天下をとるに及んでこれを国禁にしたのであります。ところが、明もわたしの生まれた末期に至ると、ふたたび政が乱れ天変飢餓の相つづいたことはすでに述べたごとくで、熹宗天啓二年、妖人徐鴻儒は白蓮教をもって惑わし、数千の徒党を集めて乱を起こしたのです。

たまたま、藤邑に趙旺なる者がいましたが、家ゆたかなるにもかかわらず韮、大蒜、生臭ものの類はいっさい口にせず、妻とともにあつく仏を信仰したので、土地でも悪く言う者はありませんでした。その上、ひとり娘の小二は利発で美しく、趙旺は掌中の珠のようにいつくしんで、六つのときから兄の長春とともに師につけて学ばせると、五年もたつかたたぬに五経に通じたといわれます。

この趙旺があるときふと徐鴻儒のことを聞いたのであります。なに心もなくその住いする山中を訪ねるとすでに宏壮な邸の門前は市をなしている。みなとともにはいった奥深い庭にはひとつの鏡が吊してあり、ひとそれぞれに前に立つと姿はまさにそのひとでありながら、衣服が変わってかぶってもいない頭巾をかぶったりしている。みながいっせいに声を上げるので、趙旺もつられて出てみると、鏡の中の自分ははやくも刺繍の服に貂の尾、蟬の羽で飾られた冠をいただいた高官になっています。驚いていると徐鴻儒と覚しき人の声がして、

「およそ、鏡の中の文武の高官は、いずれも弥勒菩薩が竜華会で、人の運命としてお授けになったもの。みなのこれからあるべき姿ですぞ。決意して躊躇されるな」

そう言ったと思うと、みずからも進み出て姿を映してみせるのです。鏡の中のそのひとは珠玉の垂れ飾りのある冠に竜の刺繍をした衣をつけている。まごうことなき天子の服装であります。そこで、そのひとは旗じるしを掲げて鉞をとり、歓呼して集い寄る者十万に及んだというのですが、趙旺もたちまち巻き込まれて、一家をあげて白蓮教徒になりました。ひとり娘の小二は文字の心得がある。妖術の書を一見して紙をひとにしたり、豆を馬にする法を悟るようになり、徐鴻儒につかえる小娘六人のなかでも一頭地を抜きんで、そのために父の趙旺も大いに用いられるに至りました。そこへ、突然みやびた青年が小二をたずねて来たのであります。

姓は丁、字は紫伯、小二より三つとしうえのかつての同門で深く小二を愛し、心のほどを母に打ちあけて趙家に縁談をもちかけてもらったりしたのですが、趙旺は小二のためにもっと大家を望んでいたので許そうともしなかったのです。しかし、丁もいまは生員になったということです。小二はすでに高弟としてつねに広間にあって軍務をつかさどり、父母をおとなう暇もなかったのですが、丁生員とは夜ごとに顔をあわせていました。たまたま、周囲の者をしりぞ

けて夜中になったとき、灯火の芯を切りながら、

「わたしがなぜここに来たかわかる？」

丁生員が小声でそう言うと、小二はニッコリして、

「ここにこうして来たからには白蓮経によって世直しし、自分の思うところを果たそうというのでしょう。わかってるわ」

「いや、わかっていない。ほんとうは、なにもこの白蓮教によって、出世栄達しようなどと思って来たのではないんですよ。あなたがわたしについて、ここを逃げて下されば、あなたに背(そむ)くようなことはしないでしょう。邪道で事のなったためしはありません」

丁生員の言葉にハッと気づくところがあったのでしょう、小二はしばらくぼうっとしていましたが、ふと夢から覚めたように、

「そうね。でも、親に背いて逃げれば不義になるわ。行って二人で諫めましょう」

しかし、父の趙旺ばかりか兄の長春まで、いくら説いても徐鴻儒を信じ、

「師は神人なのだ。どうして間違いがあろう」

そう言って耳をかそうともしないのです。諫むべくもないのを知ると、小二は下げ髪をあげて髻(むすびがみ)にし、もはや娘ではないことをみずから示して紙の鳶を二つ取りだし、丁生員とともにまたがりました。紙の鳶は羽ばたいて、比翼(ひよく)の鳥さながらに夜空を飛んで行くのであります。

夜明け、莱蕪の地に着くと、豆を驢馬にしたてて山陰の小村に行き、兵乱を避けて来たとこ、とわけして、家を借りて住むことにしたものの、その日の暮らしにも事かく始末。粟を借りようにも、升貸しもしてくれる者がありません。丁生員は気が気でありませんでしたが、小二は簪や耳輪を質に入れたりして、すこしも驚く様子がないのです。ある夜、小二が耳うちして、

「もう心配いらないわ。それ、『易経』にも富むにはその隣りを以てすというでしょう」

「富むにはその隣りを以てす？」

解しかねて丁生員がそう問い返すと、

「お隣りの翁家の主人は緑林の英雄よ。心配しないで」

むかし、王匡、王鳳らが数百の民衆を動かして緑林山に拠り、剽盗をことととして新の王莽を倒すきっかけをつくった。これよりして馬賊の頭目将を緑林の英雄というのです。丁生員は色を失って、

「心配しないでって、心配しないでいられないじゃないか」

「まァ、みてて」

小二は笑って頷き、紙を切って判官をつくり、暗い土間に置いて鶏籠をかぶせました。それから、とって置きの酒を温め、丁生員の手をとって榻に上がり、『周礼』によって飲みあいをしようと言うのです。これはまず何冊何帖何行目と言っておいて『周礼』をめくり、もし食偏

三水篇酉偏があたれば、罰として盃を受けさせるというもので、

「もしお金に縁があるようなら、あなた飲の部を引きあてるわよ」

小二に冊帖行を言わされて、丁生員が『周礼』をめくると、鼈人と出ました。小二はなみなみと酒をついだ盃を渡しながら、こぼれるように笑うので、丁生員も笑って受けはしたものの、

「べつに、酒に関係ないじゃないか。飲むことはないよ」

「そんなことないわ。あなたは水族なのよ。鼈飲しなきゃ駄目」

言い争っているうちに、土間のほうでずしりと音がしました。

「来たわよ」

小二が灯火をとって立ち上がり、調べてみると鶏籠の中にぎっしり金のつまった袋があるのであります。

翌朝、爺家の婆やが子供を抱いて来て、あやしながら、

「不思議なことがあるもんですね」と、立ち話をするのです。「ゆうべ、旦那さまがお帰りになって、篝燈をたいて坐ってられますとね、いきなり地面が裂けたんです」

小二はことさらに目をみはって、

「ほんと?」

「ほんともなにも。底も知れないその深いところから、判官が現れてこう言われるんですよ。

『わしは冥土の典獄だ。このたび、泰山府君が冥土の獄官を召して、馬賊どもの罪帳をおつくりになる。一基の重さは十両だが、百基寄進すれば罪業がとり消されるぞ』旦那さまは肝をつぶして言われるままに献上され、香をたいて祈ったりしたんですよ」

「へえ。そんなことがあったの」

小二はことさら驚いてみせたりしていましたが、丁生員はそのために富んで裕かになり、召使いまで置くようになりました。

ある日いつものように爺家の婆やが来て、

「いよいよ徐鴻儒の討伐がはじまったそうですね。ほれ、白蓮教の……」

「白蓮教の？」

小二がそれとなく丁生員と顔を見合わせると、婆やはあたりを覗うようにして、

「でも、白蓮教に勝てっこありませんわね」と言ってニヤリとするのであります。「あの武勇に聞こえた長山の彭都司が繰りだすと、まだ下げ髪の五人の小娘が、鼻息荒くいななく悍馬に打ちまたがって、出て来たんですって」

「五人の小娘……」

と、小二は思わずかつての仲間を思い浮かべると、爺家の老婆はさももの知り顔に、

「ええ、ええ。それがいずれも秋霜のような鋭い両刀を使って、飛び交い往き交い駆けまわる

んだけど、さすがに彭都司には手傷を負わせることができなかったんですよ」

「………」

「それもそのはず、あとで見ると刀は木刀、馬はただの椅子だったというの。それとは知らず、彭都司は惑わされて戦いつづけ、精根つき果てて死んだんですって」

しかし、徐鴻儒は教徒十余万を集めながら勦滅され、趙旺夫婦や兄の長春も誅戮されてしまったのです。丁生員は小二との間に子もめぐまれていないというようなこともあって、金をもって長春の子を購い、承祧と名づけて育てることにしたのであります。

ところが、たまたま萊蕪の一帯がひどい蝗害に見舞われました。小二は紙の鳶数百羽を放って、わが田畠を守りましたが、これが里人の妬むところとなって、徐鴻儒の残党として訴えられたのであります。役人はその裕かなのを見、舌なめずりして丁生員を収監しましたが、小二は家屋敷を売り払って、それぞれ賄賂をつかませたばかりか、知事に莫大な贈賄をしてようやく事なきを得たのです。

「どうして知れたんだろうね」

丁生員が小二に言うと、

「爺家の婆やが、承祧を抱いてまわっていたからよ」

「そりゃそうだが、爺家の婆やに悪意があったわけではない。孫のようにかわいがっていたからね。天命というものさ。こうして財をなしたのも爺家の金によったんだからな。もうここから移るがいい」

「そうね」

小二は人変わりがしたように深く頷いて承祧を連れ、丁生員とともに益都の西郊に移り、余財をもって琉璃店をひらきました。小二は工人を励まし、たくみに指図したばかりか、そのつくる燈籠の形はすばらしく、彩は夢幻のようで、とてもほかの店の及びようもありません。

小二はときに丁生員と茶を入れて碁を打ち、書を読んで楽しんだりしましたが、取り締りを怠るようなことはなかったので、召使いが次第に増して何百人を数うるに至っても、徒食する者はまったくありませんでした。すなわち、五日に一度は小二は籌を持ち、丁生員は名を読み上げてつき合わせ、金や粟はいうに及ばず召使いのことまで調べて、勤めた者にはそれぞれ分に応じた褒美とらせたのであります。そして、その日は暇をとらせて夜なべをさせず、夫婦で酒肴をととのえて女召使いを呼び、俚曲を歌わせて楽しむのです。その上、二百余戸の村内にも、みはからって資本を出してやるので、郷に怠けている者はなくなってしまったのです。

小二は外に出るにも、顔を覆ったことがありませんでしたから、村の者たちはみな見知っていて、若い者たちが集まると、よくその美しさを噂しあいました。しかし、まともに出会うとみな謹んで、あえて仰ぎ見ようとする者はなかったのです。小二は秋になるたびに、まだ耕作のできない村の童（わらべ）たちに銭をやって、荼（にがな）や薊（あざみ）をつませました。

それを二十年もつづけるうち、丁家の楼屋（たかどの）にぎっしり詰まってしまったのです。人々がひそかに笑っていると、山の東にかけて大飢饉になり、またまた人肉を食いあうほどになりましたが、小二は荼（にがな）や薊（あざみ）を粟（こくもつ）に混ぜて、飢えた者たちに恵んだのです。近在はそのために救われて流亡する者もなく、白蓮教のよって来たるところのなんたるを知らず、小二を目（もく）し弥勒菩薩の再来を思ったのであります。

行方も知れず

またこういった話もあるのです。金陵のひと顧生員は家が貧しく、二十五になるのに嫁もとらず母と暮らしていましたが、いつのころからか向かいのあばら屋——といっても、こちらもむろんさして変わらぬあばら屋だったのですが——に老婆が来て住むようになりました。若い娘もいる様子。しかし、顧生員は男けがないので遠慮して、ことさら訪いもせず、外出先から戻ったとき、たまたま母の部屋から出て来るのを見て、そうした娘のいるのを知ったのであります。年のころ、十七、八、すらりとして、みやびやかなこと世にも稀で、顧生員に出会っても、あえて避けようとはしませんでしたが、凜として犯しがたいものがあるのです。

「物指しを借りにみえたのよ。どうしてお嫁に行かないのって、ちょっと水を向けてみたんだけど、母がとしをとってますからと言うだけなの。きっと、もとはれっきとした生まれね。明日にでも、お向こうのお年寄りにご挨拶して来るわ。もし高望みをしてないようだったら、お前がもらってお年寄りを養うようにしておあげ」

はやくも、母は顧生員の心のうちを察したのか、笑顔で言って向かいのあばら屋を訪ねて来ましたが、浮かぬ様子で帰って来、

「娘さんの手仕事でやってるみたいだったけど、明日の食べものもないらしいの。それで、世帯をひとつにしてはと持ちかけても、娘さんはただ押し黙って笑いもしない。桃か李のように美しいのに、雪か霜のように冷たいのよ。お年寄りは耳が悪くて、聞こえないみたいだったけ

ど、すこしはわかったのか、喜んでたふうだったのにね。やっぱり、うちが貧しいのを、嫌ってるんじゃないかしら」

ある日、顧生員が想うともなく娘のことを想って部屋にいると、ひとりの少年が絵を求めに来ました。顧生員は貧しいながらも文に通じ芸に秀でていましたので、家のたつきにと書画などものし、遊里に売ったりしていたのです。それにしても美しい少年ですこしも人見知りをしない。どこからと訊くと隣村からと答え、旧知のように親しんで三日にあげずやって来る。いつしか愛恋の情を催して抱いても拒もうともしないので、ついに私通してしまいましたが、少年はたまたま母の部屋に来ていた娘が出て行くのを見送って、

「きれいだな。でも、どうしてあんなに恐いのかしら」

と、呟くのです。少年が帰ると待ちかねるようにして母が来、

「娘さんがお米をもらいにみえたんだけどね。もうなん日も、竈に火を入れていないんだって。助けておやりよ」

顧生員はさっそく一斗ほどの米を背負って、向かいのあばら屋に運び、母の気持ちを伝えました。娘はただ受けとったばかりで、礼を言おうともしませんでしたが、なにかというとやって来て、母が服や履をつくっていると、代わって縫ってくれる。見たところ、すでに嫁となんの変わりもなく、顧生員は食べものを贈られたりすると必ず分けてやりましたが、娘の様子は

依然として冷たいのです。

ところが、ちょっと口で言えないところに悪質の腫物(はれもの)ができ、母が昼夜苦しみはじめました。娘はせめてこんなときと思ったのでしょう。日になんどとなく来て、穢れもいとわずそこを洗い清めて、薬をつけてくれるのです。ころを見計らって顧生員がはいって行くと、母は、「娘さんのご恩を忘れちゃいけないよ」涙ながらにそう言って娘をかえり見、「ああ、あなたみたいな嫁に世話されて死にたい！」

と、訴えるのです。娘は、

「お子さまは孝行でいらっしゃる。わたしみたいなものより、どれだけいいかわからないわ」

「でも、わたしは行く先も短く、跡継ぎがないのが気がかりで気がかりで……」

顧生員は感に堪えず礼を言いましたが、娘はひややかに、

「あなたがわたしの老母をみて下さったとき、お礼を言いまして？」

と、心を動かす気配もありません。

顧生員はなおのこと胸を打たれましたが、愛しようにも娘はつけ入る隙を与えないのです。ほとんど諦めていると、帰ったとみえた娘がまだ門のあたりにいて誘(いざな)うように振り返り、ニコリと笑うのです。顧生員は思わず部屋にみちびき抱いて榻(ねだい)に上げると、娘は拒まず懽(よろこび)を交えましたが、

「これ一度だけ、二度は駄目よ」

それからは、またもとの娘になって、あの憧も信じられないほどでしたが、ひと気のないときふと娘が顧生員のもとに来て、咎めるように言うのです。

「いつも来る少年、あれなんなの」

返事のしようもなくていると、娘は更に顧生員に、

「わたしにとても無礼な素振りをするの。あなたといい仲だから許してるけど、言って頂戴。へんな真似をすると、生きてはいられないって」

「生きていられない？」

顧生員はすうっと背筋に戦慄にも似たものが走るのを感じないではいられませんでした。ちょうどその夕方、少年が来たので戒めると、少年は笑って、

「じゃ、あなたはどうしてあの娘とへ、い、へ、い、んな真似をしたの」

「へ、い、へ、い、んな真似はしない」

「しないで、そんなことあなたが知ってるはず、な、いじゃない？　言ってもらいましょう。そっちがそっちなら、こっちも言いふらしてやるって」

顧生員がひどく怒ったので、少年は行ってしまいましたが、ある夜ひとり榻にいると、娘が来て笑いながら言うのです。

「まだご縁が切れていなかったわ」

狂喜して抱きよせると、すたすたと庭を来る履音がするのです。驚いて立ち上がったときには、扉を押して来て少年が部屋の中にいるのです。

「な、なんで来たんだ」

顧生員が言うと、少年は笑って、

「身持ちのいい人が、どんなことしてるかと思ってね。よくひとのこと言えたもんだ」

娘は頰をさっと赤らめ、眉を逆立てて黙っていましたが、上着をひるがえしたと思うと、革の嚢から研ぎすまされた匕首を取りだしました。仰天した少年が逃げるのを追って出たものの、あたりは闇でもはやそれらしいものもありません。けれども、娘が空を睨んで匕首を投げうつと、かっと音がして輝きを発し、どさりとなにかが地に落ちたようです。顧生員が燭をとって見に行くと、体と首が処を異にした白狐だったのであります。

「これがあなたの少年よ。許すつもりでいたのに、生きていたがらないんだから」

娘は匕首を革の嚢におさめ、気分をそこねたからと言って帰りました。しかし、あくる日の夜あらためてやって来たので、ともに寝て語らいながら、ゆうべの術に触れると、

「黙って頂戴。漏れるとためにならないから」

それ以上、訊く口を与えないのです。顧生員も敢えては問わず、

「母もああ言ってるんだし、一緒になってもらえないだろうか」

懇願してそう言うと娘は笑って、

「一緒になってるじゃないの。なにも、婚礼することなんかないわ」

「ぼくが貧しいからかい」

「貧しいのはこちらのことよ。でも、いつまでもこんなことしてってはいけないわ。来ていいときは、わたしが来ますからね」

幾月かして向かいのあばら屋の老婆が死んだので、顧生員はできる限りの葬いの世話をしてやりましたが、それでも娘はひとり暮らしでいるばかりか、姿もみせないのです。垣を越えて窓越しに呼んでみたが、答がない。扉口から覗くと、なかはガランとして薄暗く鍵がかけてある。諦めもならず夜に入ってまた訪れてみたものの、やはりシンとしているのです。来ていいときは、わたしが来ますからね。そう言ってたのも、なにか来てもらっては、困るようなことがあったからではあるまいか。疑心暗鬼を生じて嫉妬の念を抱きながらも、顧生員は佩玉を窓がまちに残して帰りましたが、あくる日娘は母の部屋に来ているのです。そ知らぬ顔で出て行くと、あとからついて来て、

「あなた疑ってるのね。いまは言えないから、疑いを晴らすことはできないけど、お腹の子がもう八月になるの。でも、あなたのために生むことはできても、育てることはできないわ。こ

っそり、お母さんに言って乳母を探し、養子をもらったことにしておくのよ。くれぐれも、わたしのことは漏らさないで」

諾って顧生員がそれを話すと、母は、

「みょうな娘ね。もらおうとするとうんと言わず、それでお前とできるなんて」

と、笑うのです。それから一月あまりして娘が来なくなり、何日かたつので、母はひょっとしたら、かも知れぬと言いながら、向かいのあばら屋を訪ねて行きましたが、

「やっぱり、そうだよ。おむつをつまんで見ると、とても立派な男の子なの。三日も前に生まれたんですって。それが行ってみると扉がしまって、ひっそりしてたんだけど、なんだかものの気配がするんでね。しばらく叩いてると、寝たきりで髪も乱れ、顔も洗わなかったみたいな様子で出て来たの。でも、扉を開けると、知られるのを恐れるみたいに、すぐしめてしまうのよ。『あなた、わたしのために子まで生んでくれたのに、どこに身を置こうというの』って言うと、『とるにたらぬ胸のうちなぞ、申し上げるまでもありませんわ。夜になって人けがなくなったら、すぐこの子を連れて行って下さいまし』だって」

言われるままに、顧生員は夜を待ち、人けがなくなったのを見すまして、子を連れに行きましたが、どこへ去ったか娘の姿はないのであります。しかし、幾夜かした真夜中のころ、扉を叩く音がする。起き上がって扉をあけると、手に血の滲んだ皮嚢を下げた娘がニッコリとして

言うのです。

「もはや、大事はなしとげました。これでお別れさせていただくわ」

驚いて顧生員はそのわけをたずねましたが、それには答えず、

「あなたにうちの老母がご面倒をかけたことは、かたときも忘れないわ。いつぞや、『これ一度だけ、二度は駄目よ』と言ったのは、寝床の懽でご恩を返そうとは思わなかったからよ。あなたは貧しくて、嫁をとれそうもなかったし、それで血筋をお継ぎして上げようと考えたの、ほんとは、

一に索りて男を得る

つもりだったんですけどね」

と、娘は笑うのです。むろん、これは『易経』に記すところで、最初の索りでできれば男の子がもうけられるということであります。

「一に索りて男を得る？」

「ええ。でも、思いがけず信水があったんで、戒めを破って繰り返すことになったの。いまではあなたのご恩にも報いたし、わたしの望みもとげたので、心残りはないわ」

しかし、心もうつろに聞きながら、顧生員の目は血に滲んだ皮嚢から離れないのです。

「そ、それで、その皮嚢の中はなに？」

と、問うと娘は笑って、

「仇の首よ」

「仇の首？」

覗いて見るとまさに生首で、鬚と髪がもつれて、べっとりと血がついています。顧生員は思わず目をそむけて、歯の根も合わずにいましたが、娘はなおも笑みをたたえて、

「思えば、わたしが老母を背負って逃げ、姓名を隠し、身をひそめてから三年になるわ。すぐ仇に報いなかったのは、ひとえに老母がいたためなの。老母がなくなるとこん度は子ができたでしょう。それでまたまた遅れてしまったんだわ。覚えていて？　いつかの夜家をあけて、あなたに疑われたのは、仇の首を討ちもらしてはと案じその道や門構えをあらためて見に行ってたのよ。ほれ、よく言うわね、
機事、密ならずんば則ち成るを害すって」

娘は更に『易経』の述べるところを引いて笑うのです。そのためにすべてを秘密にしていたことはわかったのですが、そう言うと娘はもう出て行こうとするので、顧生員がすがる思いで追って行くと、ちょっと立ち止まって、『易経』をもって見通すように、

「生まれた子は、可愛いがってやってね。あなたは福が薄いけど、あの子はきっと家門を輝かしてくれる。夜も遅いので、お年を召したお母さまにお目にかかって、驚かすようなことはしないわ。じゃァね」

「それで……」

顧生員は名状しがたい気持ちになって、行く先をたずねようとしましたが、機事成ればいよいよ密なるを要すとでもいうように、娘はすでに電光のごとく身を閃めかし、たちまち見えなくなってしまいました。茫然として魂を失ったように立ちつくした顧生員には、いまさらながらあれはきっと、もとはれっきとした出だよ、と母の言ったのが思いだされて来るのです。してみると、事は意外に重大で、娘は禍のこの家に及ぶのを恐れたのかもしれません。

夜が明けてから顧生員は事の次第を母に話し、互いに嘆きかつ怪しみましたが、固く守ってつとめて他に漏らすことはしませんでした。しかし、噂はなんとなく拡がって、書画なぞ遊里に売りに行くと、それが顧生員そのひとにかかわることとも知らず、顧生員に話すのです。空耳のように聞いていると、白蓮教徒に蹂躙された責めを問われて、刑死したさる高官の娘が、

代わって白蓮教徒の領袖を討ったという者がありました。いや、そうではなくあれこそ白蓮教徒の領袖の娘であり、弾圧惨殺したところのさる高官の首を討ったのだという者もありました。

浮き寝の宿

想えば、こうした物情騒然とした中に、妓楼が栄えたのは、奇怪といえば奇怪であります。東昌のひと王生員は若いころからかたぶつで、よく朋輩に笑われたものです。たまたま、湖北に遊んで揚子江を渡り、宿をとってまだ見ぬ街を歩き、ぱったり趙と出会いました。趙はおなじ東昌の名を知られた商人で、なん年も家をあけるほど長途の商いに出るのですが、王生員との邂逅をひどく喜び、まずまず遊びに来いと、袖ひくようにして誘うのです。

行くと立ち並ぶ妓楼のひとつで管絃の音もかまびすしく、部屋には美しいひとが掛けている。おじけて王生員があとずさりしようとするので、趙はひきとめて女を出て行かせ、窓越しに声をかけて酒肴の用意をさせるので、

「どうしてこんなとこにいるの」

おずおずと王生員が訊くと、趙は笑って、

「このごろは、乞食までが女の子を拾って来て、色をひさがせている世の中だよ。しかし、ここはそんなのじゃない。呉婆さんてのがおかみをやってるちょっとした妓楼で、ぼくはながい旅暮らしをしてるから、まァ浮き寝の宿にしてるのさ」

そんな話をしているうちにも、いろんな女が出入りをする。王生員はおちおちしていられず立って帰ろうとして、ふとひとりの小娘が秋波を送って来るのに気がつきました。眉目は情けを含み、しとやかな容姿は仙女と見まごうばかりです。

「あのきれいなひとはだれ？」

王生員が訊くので趙は、

「うん？　あれは鴉頭といって、ここのおかみの二娘さ。姿は美しいし、十四になる。お客が大金を積むから、なんとかしろって、おかみに言うんだがね。あれで気が強くて、おかみからぶたれても、まだ穉いからって、お客をとろうとしないんだよ」

と、答えましたが、王生員にはもう言葉も耳にはいらぬらしいばかりか、とんでもない受け答えをするのです。

「きみにその気があるならとり持つよ」

趙が吹きだしながらからかうと、

「そ、そんな気はないよ」

と、打ち消すものの、王生員はいっかな帰ろうともしないのです。趙は面白半分、

「無理せんでもいいさ。なんなら、ぼくがとり持とうか」

「とり持ってくれる？」王生員は気もおろおろにそう言うと、「しかし、いまはぼくにはそのカネがないんだ」

「カネならぼくも十金だそうじゃないか。ありガネさらけだしてみるんだね。しかし、それであのごうつくおかみが、承知するかなァ」

おかみもおかみだし、鴉頭のいままでをよく知っていたので、どうせなり立つことはあるまい。そう思って趙はそう答えたのですが、王生員は礼を言うのも忘れて飛んで戻り、ありガネ五金を趙に差しだしました。これじゃァと趙はひそかに笑い、おかみもむろん少ないと言って、受けつけようともしませんでしたが、

「母さんは稼がないって、毎日虐(せ)めてたじゃないの。これから女になって稼ぐわよ」

意外な鴉頭の言葉におかみも折れて出たので、冗談が真(ま)になって趙も十金をださずにはいられなくなりました。王生員は鴉頭とはじめて歓を尽くしましたが、身も心もとろけんばかりであります。

「でも、財布をはたいて、今宵の歓をお求めになったんでしょう。明日はどうするの」

すでに管絃の音も絶えている。王生員は鴉頭にそう囁かれて暗然としていると、真夜中を知らせる太鼓の音がかすかに聞こえるのです。

「………」

「わたしもこんな身でいるのはいやなの。いっそ、夜逃げしてしまいましょうよ」

王生員にももしそんなことができたなら、といった思いが脳裡を掠めていたのです。ともどもそっと起きて、男装した鴉頭をともなって宿を抜けだし、連れて来ていた二頭の驢馬を下僕(しもべ)に曳きださせました。鴉頭は下僕の股(もも)と驢馬の耳とに護符をはりつけると、手綱(たづな)を放って走ら

せながら目をあけるなと言うのです。王生員はその言葉にしたがって、ただ耳を過ぎる風の音を聞いていましたが、夜明けにははや遙かに揚子江をさかのぼった漢口の街になり、ゆるやかに漢水の流れ入るのが見えるのであります。驚いて王生員が訊くと、鴉頭は笑って、

「いいじゃないの。もう苦界も抜けられたし、こうして百里の余も離れた大きな街に来てしまえば、母さんにも知られずにすむんだから」

「しかし、すっかからかんじゃ、やがてきみにも捨てられちゃうんじゃないかな」

「心配しないで。いま商いをすれば、三人どうにかやって行けないことはないわ。驢馬を売って元手になさいよ」

王生員は言われたとおり、そうしたカネで小店を出して下僕とともに酒を売り、鴉頭は刺繍をしたりして暮らしましたが、次第に下婢や老婆までもおけるようになりました。

ところが、ある日、鴉頭が顔色を変えて、

「困ったことが起こらなきゃいいけど。今日、店先から覗き込んでた、へんなのがいたでしょう。あれ、わたしを見知ってるのよ」

「そうだったかね」

王生員はさして気にもとめずにいましたが、果たしてなん日かした夜、締めた店の戸を叩く音がするのです。鴉頭ははッとして聞き耳を立てていましたが、

「よかったわ。来たのが姉さんで……」

ニッコリして戸をあけると、あの部屋にいた趙の敵娼で、

「よくも男と脱けだしたわね」

縄を取りだしていきなり鴉頭の首をくくろうとするのです。鴉頭もまけず、

「なにが悪いのさ、ひとりの人を守るってのが」

と、がなり立てたので下僕や下婢や老婆、むろん家じゅうの者が寄って来ました。姉は恐れて飛びだしてしまいましたが、

「こうなったら、母さんが来るわ」

そう言って、鴉頭はみなに命じて荷造りし、急いで引っ越させようとしていると、

「どうせ、こんなことだと思ったよ」

ぬっくとおかみが現れて、鴉頭の髪をつかんでひっさげ、それなり消えてしまいました。それがあっという間でどうしようもありません。

王生員は悲嘆に暮れながらも、カネを積んで買い戻そうと思いつき、家財を売りはらって揚子江を下りましたが、妓楼の構えはもとのままなのに、人も女もすっかり変わっている。王生員はなすすべもなく、ふたたび古里の東昌に帰りましたが、そのカネが豊かな生活をもたらせてくれたのです。

それから数年、王生員は北京に行き、たまたま孤児院に立ち寄って、七、八つの男の子に行きあいました。下僕がしきりに自分と男の子を見くらべるので、

「どうしたんだね」

王生員が訊くと下僕は、

「あまり似ていらっしゃるので」

と、笑うのです。見ると、男の子はいかにもおおらかなのです。どうせ、跡継ぎもないことだし、買いとって名前を訊くと、

「王孜。孤児院の先生はぼくが拾われたとき、胸に山東の王文の子と書いてあったって言うんです」

「わたしがその山東の王文だが、子がいるはずはないぞ」

王生員はそう言いながらも、ひそかに喜ばずにはいられなかったのであります。

北京から戻って更に十年。王生員が東昌の街を歩いていると、見るからに落ちぶれ果てた趙に行きあいました。なにか人目を避けるように、そ知らぬ顔で通りすぎようとするので、

「趙さんじゃありませんか。どうしてそんな真似をするんですか」

王生員が声をかけると、趙は顔を赤らめながら、

「いや、あなたにお会いしたかったんですがね。いざお会いしてみると、このていたらく。合

わせる顔がなくって」

「なにが、合わせる顔もないものですか」

　家に連れ戻り酒を命じて、もしやと思いながら鴉頭のことを訊くと、

「それがその。おかみが鴉頭をつかまえて来て、北京へ移ったんですがね」

「北京へ？」

「ええ。鞭でひっぱたいても、鴉頭が客をとろうとしないんで、閉じ込めてしまったんです。男の子も生んだのに、それも裏露地に捨てられて。孤児院にいるってことですが、あなたの落とし子ですよ」

「それなら、ここにいますよ。いくら貰い子だと言っても、一と目でわかるって、だれも信用しないんだな。それにしても、あなたはどうしてそんなになったんです」

「じつは、おかみが北京に移るってんで、離れられずについて行ったんですがね。荷も重いのは二東三文で売り払う。税や酒手はとられ放題。女からはえらくしぼられる。何年かのうちに万ってカネをなくしちゃって、おかみは白い目を向け、女は平気でいい客のとこへ泊りだしたんだ。おかみがいないとき、窓から鴉頭が言うんですよ。こんなとこはそんなものだわ。いい加減で未練を捨てないと、どうなるかわからないって。それでまァ目が覚め、急にこわくなって出て来たんです。こりゃ、あなたに届けてくれって鴉頭から渡された手紙で、こっそりあな

たのとこに投げこんで行こうと思ったんだけど……」

と、一通の手紙を出すのです。

坊やがもうお傍にいることは存じています。わたしのことは趙さんからお話があるでしょう。これも前世の業ですが、暗い部屋で飢え、鞭打たれる苦しみに、一日がまるで一年のように辛いのです。あなたがもし漢水のほとりの雪の夜に、わたしと一枚の衾で抱きあって、互いに温めたことをお忘れでないなら、どうか坊やに相談なすって下さい。きっと、わたしを苦しみから救うことができるでしょう。母も姉も情知らずとはいいながら骨肉の間柄、どうか殺めたりはおさせにならぬように。

王生員は胸ふさがれ、かつてのことを思い金や帛を贈って趙を帰しながらも、鴉頭がなぜもう孜がここにいるのを知っているのか、不審の念に駆られずにいられなかったのです。孜は成長するにつれ猟を好んで殺生し、つねに幽鬼や狐を見ることができると称していました。信じる者もありませんでしたが、狐に祟られた者があり、こころみに孜を呼ぶと、孜はたちどころに狐のひそむところを指さして人々に打たせたのです。すると、狐の悲鳴がし、毛や血が落ちて来て、祟りがなくなったことがあります。

手紙を見せると孜は眥を決して身ぶるいし、即日北京に旅立ちました。時に十八歳。呉婆さんの妓楼は門前車馬のあふれる盛況を呈している。しかし、かまわず踏み込むと、湖北の客と飲んでいた趙を見捨てた鴉頭の姉が、あッと叫んで立ちあがりました。孜は刀を抜き放って、なんの躊躇もなく切ってすてたのであります。客は賊だと思い肝をつぶしたようですが、その屍はすでに狐だったのです。

孜が更に血刀をひっさげて奥に行くと、おかみは下婢たちを指図して、羹をつくっていましたが、それと知ったかぱッと消え失せました。孜はあたりを見回して、すばやく矢を抜きとり弓につがえて梁を望んでひょうと射る。たちまち、老狐が一匹胸を射抜かれて落ちて来たので、首を切って落とし、母の鴉頭をさがしてその部屋を見つけ、大石をもって扉を打ち破り、相抱いてしばし声を放って泣いたのであります。

やがて、鴉頭が血刀に気づいて、おぞ気立ちながら母のおかみのことを尋ねると、

「あれか。首を切り落としてやったよ」

と、孜は平然として言うのです。

「なんてことを。わたしがあれほど言っておいたのに。早く郊外に葬ってあげて」

孜は承知したふりをして出て行きましたが、ひそかに皮を剝ぎ、箱や櫃を調べて金品を巻きあげ、鴉頭とともに東昌に帰って来ました。

王生員はその喜び、筆舌にも尽くしがたいものがありましたが、ふと思いだして、

「おかみは……」

と、訊くと孜は恐れげもなく、

「この嚢の中にいるよ。二匹ともね」

「二匹とも？」

王生員がおどろいて問い返すと、孜は嚢から二枚の剝いだ皮を出して見せるのです。それでは鴉頭も狐で、孜が幽鬼や狐を見ることができるというのもそのためだったのかと、王生員ははじめて気がつきましたが、

「この不孝者！　なんてことをするんだろう」

と、泣き叫ぶ鴉頭をなだめて孜を叱り、

「母さんが嘆いてるのがわからないか。かりにも、お前のおばあさんやおばさんじゃないか。どこかいいとこを見つけて、葬ってあげるんだ」

そう言うと、孜はふてくされて、

「やっと安楽に暮らせると思やァ、もう鞭で打たれたことを忘れるんだね」

しかし、鴉頭がまたまた逆上するので、孜はしぶしぶ行って、葬って来たのです。

鴉頭が帰ってからはますます栄え、王生員は趙に感謝して、あらためて多額の金品を送って

報いたのであります。

　ある夜、王生員が榻を共にしていると、木枯しの吹くのが聞こえる。はじめて鴉頭と出会ったあの旅先で、趙は奇しくも浮き寝の宿と言ったが、浮き寝の宿こそこの世ではあるまいか。契ってついにここに至ったことを思うと、鴉頭の人ならぬのもかえっていとしく、やがては雪になるかもしれぬと、それとなく抱きながら、

「孜はほんとに孝行なのに、気にさわるとどうしてあんな乱暴をするんだろう」

　笑って王生員がそう言うと、鴉頭は、

「わたしに似てすね筋があるのよ。いまに、針を打ってとってやるわ」

「それはいいが、お前のすね筋はとらないでほしいね。お陰で、この幸福を得ることができたのだから」

猛き心

人にすね筋があればその怒りを発するとき、みずからはいかんともしがたいもので、建昌の名家のひとり息子崔猛のごときもそうしたひとりと言っていいでありましょう。剛勇並ぶものなく、つねに強きを挫き弱きを助けたので、郷党はみな崔猛に懐き敬っていました。しかし、それだけにひとたび怒れば、なんぴとも恐れてこれに近づこうとはしませんでしたが、母は信仰厚く僧侶や道士をもてなし、崔猛も母にはよく仕えてその言うことを聞くのです。

たまたま、崔猛が外出から戻って門をはいると道士がい、

「崔猛字は勿猛。その性の猛なれば、猛なる勿れ、か。これを戒めとせねば、天寿を完うするは難い。積善の家にあるまじきことだな」

「わしにはすね筋がある。つまらぬことを抜かすとこんな目にあうぞ」

崔猛はいきなり佩剣を抜き放ち、ひと払いに傍の樹を薙ぎ倒しました。道士はにっこり笑って、

「そんなときにはこれを見よと、お前は母から腕に十字に針を打たれ、朱をさされたのだ。どれ、その剣をかしてみよ」

そう言うと、服の裾から一尺ほどの小刀を出して、崔猛の剣をまるで瓜か瓠のように削るのであります。崔猛は背筋に戦慄の走るのを覚えずにいられませんでした。崔猛にはこの道士から、すべてを見通されているような気がしたのです。それもその筈、かつて隣家に姑を虐めて

食も与えぬ女房がい、ほとんど姑を餓死させようとしたことがありました。崔猛はその悪口雑言を聞くに堪えず、怒ってついに塀を乗り越え、あたかも瓜か瓠のように女房の鼻も、耳も、唇も、舌も削ぎ落とし、殺してしまったことがあったのです。母は仰天して隣家の息子に詫び、若い小間使いを嫁にやって、ようやく事なきを得たのですが、たとえ義によるとはいえ、自分にはこれほど優しい息子が、どうしてこんな無惨なことをするのであろう。母は嘆いて食事をとろうともしませんでした。崔猛は心から後悔し、みずから望んで母に杖打たれ、以後の誓いに腕に十字に針を打たせ、朱をささせ許しを得たのです。

「どうしたら、その難を逃れることができましょう」

崔猛が恐れてそう訊くと、道士はまだ救えると思ったのでしょう、

「勿猛にして猛たらんとする者に会うことだな」

「勿猛にして猛たらんとする者に……」

「しかし、世のありさまがこれでは、いつどうなるかわからない。現にそうした者に出会いながら、結構気づかずにいるもんだからな。さしずめ、いま門外に若者がいる。あれと交わりを結べば、死罪を犯しても救けてくれるかもしれん」

そう言って道士は崔猛をつれ、表に出て彼方を指さすと、それなりいなくなってしまいました。指さされたその人は趙僧哥（ちょうそうか）といい、としは十二、南昌（なんしょう）の産でしたが、飢饉にあいこの建昌

に旅住いをしていたのです。そこで、崔猛は礼を尽して深い交わりを結び、厚く遇して自分の家に住んでもらうことにしたのです。趙僧哥も広間に通って崔猛の母を拝し、兄弟の約を交わしましたが、年を越すとふたたび南昌に戻り、いつしか消息も途絶えてしまったのであります。

ある日、崔猛は母方の叔父が亡くなったので、輿(くるま)に乗った母にしたがって馬で弔いに行く途中、棍棒で撲りながら歩けと怒鳴って、縛り上げた男を引っ立てて来るごろつきどもに出あいました。そのためみなが集まって、母の輿も進めません。崔猛が訊くとみなが寄って来て口々に言うのです。

「ありゃァ、某甲(なんとかなにがし)の手の者ですよ。某甲はいま引っ立てられて来る李申(りしん)の女房に目をつけて、手の者に無理無体に李申を賭博に引き入れ、半年もたたぬ間(ま)に三十貫もの借金を背負わせ、それのかただと女房を奪いとってしまったんです」

「李申は某甲の門前で、女房を返せと哭(な)いて訴えたんですが、かえって樹に吊るしあげられ、えらい折檻をされたそうですよ。その上、こうしてどこへ連れて行こうとするんでしょうね」

崔猛はこみ上げる怒りを圧えかね、馬に鞭打とうとすると、母が簾(たれ)をかかげて声をかけました。

「また、やるつもりだね」

崔猛はからくも思いとどまりましたが、崔猛と知ってごろつきどもは縛り上げた李申を突き飛ばして逃げてしまったのです。

それから数日後某甲は無惨にも榻(ねだい)の上で腹を抉(えぐ)られ、李中の妻はその下で裸になって殺されているのが発見されました。だれが見ても李中にはそうもしなければおさまらぬ怨みがある。当然、嫌疑を受けて捕えられ、足枷で踝(くるぶし)の骨が出るまでせめられ、ついに拷問に耐えかねて罪に服し、刑を申し渡されたのです。

一年あまりして崔猛の母がなくなりました。葬いをすますと崔猛は、

「某甲をやったのは李中ではない。母がいられたので黙っていたが、いまは葬いもすんだことだ。いたずらに無辜を苦しめてはいられない」

自首すると言いだしました。妻は驚いて引きとめましたが、そういえば妻にも崔猛が叔父の葬いから帰ってから、口もきかず食いもせず、服もぬがずに幾夜か榻の上で輾転反側していて、不意にいなくなったときのことが思いだされて来るのであります。

崔猛が自首して出ると、あれほど強情に罪状を認めようとしなかった李中が、こんどは某甲を殺したのはこのおれだと言いだしましたが、次第に真相が明らかになって来ました。李中ならともかくこれが崔猛の仕業だとすれば、情状酌量の余地はありません。罪を課されてあわや死刑になろとするとき、天から降ったように卹刑官(じゆつけいかん)の巡回があって査閲するというのです。卹刑官とは囚を憐れんで、刑をひかえさせるところの役人の謂いであります。

囚の名簿を手にした鄆刑官は崔猛の名まで来ると、ひとを遠ざけて崔猛を呼び入れました。広間にはいって仰ぎみた崔猛の前には、なんと南昌に去ってたまたま消息の途絶えていた趙僧哥がいたのです。趙僧哥は崔猛が自首したという故をもって死一等を減じ雲南の軍役に服さしめました。李申もその義に感じてはるばる雲南に赴き、かわって軍役に服してくれたばかりでありません。人が変わったようにすすんで武技に励み、その進歩も目を見張るようなものがあったのです。

しかし、一年もたたぬうちに大赦があり、ともども建昌に戻りました。崔猛は感謝して李申に妻を買ってやったり、田畑を与えたりしましたが、客が来たとき李申に茶を入れさせようとすると、

「崔猛とは万里の苦しみを共にした仲だ。それを、小者同然に扱うとは……」

聞こえよがしにそう言って、腹に据えかねたのか、三年も働きながら、給金をくれぬと官に訴え出たのです。崔猛は不審に思いながら、いや、給金はやらなかったのではない、やろうとしても受け取らなかったのだと申し開きをし、李申はたちまち叩きだされてしまいましたが、間もなく崔猛にもはたと思いあたるようなことが起こったのであります。

王監生(おうかんせい)の親子が惨殺され、壁に貼られた紙に、

「これをなすもの李申」

と大書して、あったのです。李申はそれなり一家を挙げて行方をくらましてしまったからです。

王監生とはあのごろつきの、某甲のごときもいわばそのはしくれのひとりと言っていいような大悪党で、あたりの富豪で掠奪を被らぬものはほとんどなく、もし逆らえば必ず手の者をさし向けて、途上で殺させたばかりでありません。息子も親に劣らず兇暴淫蕩で、寡婦の弟嫁に父子して通じ、妻の仇氏がうるさくとめるので、王監生はこれを縊り殺してしまったのであります。仇氏の兄弟がその旨を官に訴え出ましたが、王監生は賄賂をつかって、かえって誣告の罪に陥れたので、兄弟は無実の罪が晴らせず、無念の想いでいるとのこと。あるいは、自分に力を求めて来たのかもしれない。もしこれを取りついで自分の耳に入れれば怒りを圧えかね、どんなことをしでかすか。そう考えて李申はみずから成敗を決意し、累の自分に及ぶのを恐れて、あのような振舞いに出たに相違ない……。

州や邑にふれがまわり、李申の追求すこぶる急なるものがありましたが、れいの李自成が北京を占拠し、明朝を滅亡させるという大乱が起こって沙汰やみになり、どこにひそんでいたのか李申はまた、家族ともども崔猛の家に現れました。崔猛はわがことのように喜ばずにいられませんでしたが、王監生出入りの無頼の徒は山による土匪のもとに走り、崔猛の留守を見すまし、復讐と称して夜陰に乗じて寄せて来ました。某甲が王監生に対してそうであったように、王監生もこの土匪に通じて、その威をかりていたに過ぎなかったのです。

李申は戸を破られてからやっと目を覚まし、からくも塀を乗り越え難を逃れて戻って来ると、無頼の徒は財物もろとも崔猛の妻女などをひっさらい、あとには下僕がただひとりいるきりです。李申は怒ってただちに縄を切って幾十本にもし、短い縄切れを下僕に持たせ、土匪の巣窟を越えて東の山の中腹に登り、茨に掛けて火を放ち、すぐ逃げ戻れと命じました。また、みずからは長い縄切れをふところにして、仔馬を生んだばかりの牝馬が、門外に置きざりにされていたのを幸い、これに枚をふくませて無頼の徒のたむろしていた村にはいり、崔猛の妻女の居場所をつきとめてから牝馬を隠し、さも驚いたように指さして、東の山手に火が見えるとみなに知らせたのです。

無頼の徒が狼狽するその隙に、李申はすばやく隠した牝馬に崔猛の妻を乗せ、

「この牝馬は仔馬を慕って、かってに家に帰るでしょう」

そう言って鞭をくれ、自分は谷間を抜けると、ふところから長い縄切れを出し、ほうぼうに火を放ったのであります。

帰って来た崔猛はこれを聞き腕をめくって、母に針で刻られた赤い十字を見ていましたが、ついにバリバリと歯がみをし、単騎土匪を平らげに行くと言うのです。李申は諫めてそれを止め、村人を説きまわって、なんとか進んで行こうという、壮士二十余人を得ました。おりから、

土匪の片破れらしい無頼の徒二人を捕えたので、崔猛は有無を言わさず殺そうとしましたが、李中は聞き入れず、耳を削いで放ったのであります。

「もし土匪に知られたら、この同勢じゃァやがて村じゅうやられてしまう。なぜ殺してはくれなかったんです」

恐れてみながそう言うと、李中は、

「そうなったら、思うつぼだ」

と、嘯いて無頼の徒二人をかくまった者を殺し、四方に人を走らせて弓矢や火縄銃を集めたばかりではありません。邑に願い出て巨砲二門を借り、暮れるのを待って狭い谷間に据え、彼方の崖上の大木を伐り倒して置いて、崔猛を立てて壮士二十人を引き連れ、二手に分れて両側の崖上に潜んだのです。

夜も更けると果たして馬の嘶きが聞こえ、夜目にも続々と土匪の来るのが見える。それがすっかり谷間にはいったのをみすまして大木を押し落とし、巨砲の火を吹かしめたので、谷間は揺がすような阿鼻叫喚になりました。争って逃れようとすると、行く手はすでに大木に塞がれているのです。そこを崖上から弓や銃弾を浴び、僅かに残る者はただ長跪して命乞いをするばかり。それをひっ捕えて村に護送させ、一挙に土匪の巣窟をつきましたが、すでに風を食らって逃げ失せたもののようで、土匪から掠奪されていた女たちや財物を取り戻して、引き上げて来たのであります。

「ところで、下僕に東の山に短い縄切れを持たせて火を放たせ、きみが長い縄切れで火をつけて逃げたのは、どういうわけだね」

そう崔猛が問うと、李申は、

「やつらに西に追って来られたらと思って、東に追いやろうとしたからですよ。それに、東の山のは縄切れを短くしとかないとながく燃えて、だれもいないのを感づかれてしまいますからね」

ここに至って、崔猛はつくづくと道士の言ったことを思いだし、

「李申、きみこそは勿猛、字は猛というべきひとだったんだな」

爾来、崔猛は勢い大いに振い、遠近から避難して来た者みなつき従って、村はさながら市のようになりました。あまつさえ、三百余人の自衛団さえできたので、ここばかりはいかなる者も犯しかねたということであります。

ところで、ひとつ言い忘れたことがあります。それはこの土匪たちはいずれもその目じるしに赤い帯をし、紅い絹を帽子につけていたばかりか、捕えられて村に護送され鼻を削がれて放たれた者の申し立てによれば、頭目はかつての頭目だった残忍無惨な男の首を打ちとった女剣士だというのです。

そうだとすれば、この土匪もまた白蓮教の流れをくむもので、わたしにはおのずとあの金陵の顧生員のもとに、深夜来たって皮嚢の中の血まみれな生首を見せ、それなり去った娘のことが想いだされて来るのであります。

しかし、あの娘がむざむざ李申の術中に陥って、部下の土匪たちを全滅させるほど、聡明を欠いていただろうか。いや、わたしをして娘に哀憐の情をもよおさせるのもむしろその猛き心であり、娘は李申の術中に陥ったとみせながら、じつは残忍無惨なかつての頭目ばかりか、いつか頭目のもとに集まった土匪たちも、全滅させようと謀っていたのかもしれません。

すね筋はおろか

繆永定は江西のひと、抜貢生であります。抜貢生とは生員から特に抜擢されたもののことですが、根がひょうきんで、よく軽口を叩くのです。あるとき、父方の叔父の家に立ち寄ると、客人たちが集まっている。繆永定のひょうきん軽口で、みなはつい釣り込まれて愉快になり、まだ昼ながら一杯やろうということになりました。ところが、この男は無類に酒癖が悪く、じつは親戚はむろん仲間うちでも、嫌われ者になっていたのです。

酔うにしたがって繆永定は本性を現し、くだを巻いて客人たちにからみ、だれかれかまわず罵倒しはじめたので、みなも怒って大騒ぎになりました。叔父が仲にはいって双方をなだめると、繆永定は、

「なんで、こいつらの肩を持つんだ！」

こんどは叔父に食ってかかって、ますます荒れる始末なのです。叔父も手のほどこしようがなく、使いを走らせて家人を呼び、喚きののしる繆永定を力ずくで連れ戻させようとしました。繆永定はその手を振り解こうともがきながら、家人だとばかり思っていたのが、捕吏らしく黒い帽子をかぶっているのにふと気がついて、

「ど、どこにしょっ引こうと言うんだ。やつらが殴られたといって、おれを訴えやがったんだな」

と、怒鳴りましたが、黒い帽子はいっかなその手を緩めません。

「しょっ引くなら、しょっ引いてみろ。おれは抜貢生で、そこらのただ者とは違うんだぞ！」

なおも、がなり立てると黒い帽子はじろりと繆永定を見返しました。まるで、目を怒らした牛さながらであります。さすがの繆永定もおぞけ立って酔いも醒める思いでしたが、見ればすぐに城門をくぐって街にいるらしく、満ち満ちた家々の間を車馬が行き交っている。たしか、どこかで見た街だという気はするものの、それがどこだかわからぬままに引かれて行くうちに、たそがれの彼方はるかに大きな建て物があり、その屋根はあわあわとした緑の瓦でふかれ、壮麗なこと言いようもないのです。

やがてのこと、そこに着いてなかにはいるとひろびろと白州が拡がり、それぞれ黒い帽子にしょっ引かれた者たちが裁きを待つもののように群がっています。しかし、遠く広間のほうから役人のひとりが、

「もはや日も暮れようとしている。裁きを待つ者は明朝早くあらためて参れ」

そう言うので、みなはあるいは安堵し、あるいは怒ってなにやら騒ぎ立てながら、ちりぢりに散って行きましたが、繆永定はどこといって行くあてもありません。黒い帽子のあとについて出はしたものの、せんかたもなく通りかかった店の軒下に寄って、たたずもうとすると、

「この大酒飲みのろくでなし！　暗くなろうとしてるじゃないか。みんな落ち着く先を求めて行こうとしてるのに、きさまはそんなところでなにを首なんか縮めてるんだ」

黒い帽子が気づいたように立ち止まり、凄い眼を向けるので繆永定は震え上がって、

「わたしはどうしてこんなところへ連れて来られたのかも、わからずにいるんです。むろん、家の者も知らないし、路銀など持ち合わそうはずもありません」

「なにを抜かす。それで、どうして酒が飲めるんだ。小遣い銭ぐらいあるだろう。つべこべ言うと拳骨で骨までこなごなにしてくれるぞ」

黒い帽子はいまにも迫って来そうな剣幕でしたが、たまたま街角から出て来たものがあり、

「なんだ、お前か。どうして来たんだ？」

見ると、それはもうとっくに死んだはずの母方の伯父の賈であります。繆永定ははじめて自分が、あの世に連れられて来ているのを悟り、驚き且つあわてて、

「そうです、繆永定です。なんとかして下さい」

思わず叫んで泣きつくと、伯父の賈は、

「お迎えさま。こいつはこれでもわたしの甥なんです。なにはともあれ、わたしのところまでお立ち寄り願えませんか」

伯父の賈は生前のように酒造をなりわいにしているのか、ついて行くと家もなかなかな構えであります。黒い帽子を誘ってはいると、家人に酒肴を命じ卓を囲んで、

「いったい、こいつはなにをしでかしたんですか」

伯父の賈が訊くと黒い帽子は答えて、

「閻魔大王が浮羅君のもとにお出かけになったとき、こいつ酒を食らって、閻魔大王糞食らえ！　なんて抜かしおったんじゃ」

浮羅君とは道教の最高神、太上老君すなわち世にいう老子のことで、浮羅嶽に生れたので、そう呼ばれているのですが、言われてみれば繆永定の記憶の中には父方の叔父の家で喚き散らしたとき、だれかが叫んで「きさまなど閻魔大王に裁かれて、地獄に落ちろ！」といった声が、かすかながら残っています。あのときなにか応酬したが、そんなことを言ったかも知れぬ。そう思いながら、繆永定はつい手を伸ばして、自分の盃に酒をつごうとしましたが、伯父の賈はピシリとその手の甲を打ち、

「馬鹿者め！　こんなになってもまだ飲もうとするのか」と、叱りつけて黒い帽子に、「それでお迎えさま、こいつはもう閻魔大王にお目通りしたでしょうか」

「いや。閻魔大王はまだ浮羅君のもとに行かれたまま、帰っていられない。しかし、こいつをしょっ引いておけと使いの者が言って来たのだ」

「もし帰られたら、こいつはどんな罰を受けるんでしょうね」

「そりゃァわからんが、閻魔大王はとても腹を立ててられるようだな」

繆永定は恐れおののいて、箸も持てなくなりましたが、やがて黒い帽子は立ち上がって、

「ご馳走になって、すっかり酔った。閻魔大王が戻られるまでこいつを預けて置こう。明日また来るよ」

と、言い残して帰って行きました。伯父の賈はつくづくと呆れたように、

「お前と別れてから、どのぐらいになるだろう」

「もう十年になります」

「そうか。それなのに、相変わらずのろくでなしだな。だいたい、お前はひとりっ子で、両親が掌中（しょうちゅう）の珠（たま）のようにかわいがり、なにをしても叱りもしなかった。それをいいことにして、十六、七歳のころから酒を飲む。飲んで三杯も重ねると、くだをまいて人の悪口を言い、あげくの果てはその家まで押しかけて行って、門を叩いて罵りさわぐ。まだ若かったからとはいうものの、そのとしになってもこのていたらく。ちょっと油断をすると、盃に手を出そうとする。妻子のことは考えないのか」

妻子と言われては、繆永定も胸をふさがれ、

「もう後悔しても追っつきません」

と、涙を流すと伯父の賈は、

「といって、まだ打つ手がないこともない。わしはここでも酒造家として、すこしは顔も売れている。お迎えさまにもよく飲ませてやってるから、わしとはまんざらでもない仲なのだ」

「そうですか」

「そうさ。閻魔大王だって、毎日何万という罪人を調べてるんだ。そうそう覚えちゃおられんさ。お迎えさまにうまく談じ込めば、こっそり逃がしてくれるかもしれん」

そういうことでその晩、繆永定は伯父の賈の家に泊まりました。あくる朝早く黒い帽子が来ましたが、伯父の賈はすぐ別室に連れ込み、なにやら話していたようで、しばらくするとひとり戻って来、にやにやしながら、

「地獄の沙汰もカネ次第とはよく言ったもんだな。あらためて来るというから、わしがありガネを投げだして立て替えておく。お前がここから戻ったとき返してくれたらいい」

繆永定はほっとして、

「そ、それでいくらお返ししたらいいんです？」

「十万だな」

「十万？　どうしてわたしにそんな大金がつくれましょう」

と、口ごもると伯父の賈はニヤリとして、

「なあに、紙銭が百束(ひゃくたば)あればいいんだ。戻ったらそれを求めて野原に出、おれの名を呼びながら、焼くだけのことさ」

「そうですか」

繆永定は喜びもし安堵もして、黒い帽子を待っていましたが、午になっても来る様子がありません。せめてもの思いに街なかを見ておきたいと言うと、伯父の賈もあまり遠くへ行かぬならと許してくれました。あの世とはいえ、商いの有様などこの世となんの違いもないようです。たまたま居酒屋があり、さかんに客が出入りしている。繆永定はひかれて足をとめましたが、

「やァ、繆君じゃないか。そんなところでなにをしてるんだ」

と、奥から声がするのであります。見ると、隣村にいた翁青年で、かつては詩文の交わりをした友ですが、これも十年も前に匪賊の難にあって悲惨な死を遂げたのです。驚く間にも翁青年は走り出て、さも懐かしげに手を握り、居酒屋に連れ込んで、久濶を叙しながらしきりに盃を進めてくれる。繆永定はもう赦されたも同然という心のゆるみもあり、つい酔っぱらってれいのひょうきんな軽口が、いつか毒舌に変わって来ました。

「だいたい、賈はうちの母方の伯父だろう。しかも、酒造をやってしこたま儲け、家にはいいにおいをさせながら、おれが盃に手を出そうとすると、甲を打ったりしやがるんだ。それも、お迎えさまのいる前でだぜ」

「そりゃァ、お迎えさまの前だからさ」

「おや、翁君。賈伯父をかばう気かね。きみも飲まされたくちだな」

「そろそろはじまったな。きみはどうしてお迎えさまに連れて来られたんだい」

「ケチなことさ。叔父の家で飲んでると、客人がこう抜かすんだ。『クタバりやがれ。閻魔大王の裁きを受けて、地獄に落ちろ！』って。しゃら臭いじゃねえか」

と、繆永定が言うと、翁青年は笑うのです。

「それで、怒鳴り返して言ったというんだね。『閻魔大王糞食らえ！』って」

「なんだ、手前(てめえ)も知ってたのか」

「知るも知らんもないじゃないか。きみはもともと酒癖が悪い。そんなセリフが出たろうくらい見当がつこうじゃないか。飲まなきゃァこんないい男はないんだが、飲めばすぐくだを巻く。あげくの果てはその家まで押しかけて行って、門を叩いて罵るって始末だったからな」

たださえ、酒癖の悪いやつは、酒癖に触れられると腹を立てるものであります。繆永定は眼を据えていきり立ち、

「手前、やっぱり賈伯父に飲まされたんだ」

「どうして？」

「どうしてもなにも、賈の伯父とおなじ説教をしやがるじゃねえか」

「だって、おれも家まで押しかけられて、門を叩かれたのだからな」

「いいや、飲まされたんだ。どだい、あいつはいつもその手を使って、うまくやって来やがったんだ。それに、このおれが酒癖が悪い？　ただ、だれもが言えないほんとのことを、言うだ

けじゃないか。閻魔大王がなんだ。なんでも言ってやるぞ。『閻魔大王糞食らえ！　閻魔大王糞食らえ！　閻魔大王……』」

「口が過ぎるぞ。ここは閻魔大王の府なんだ」

「閻魔大王の府が聞いて呆れらァ。たまたま、浮羅君のところに呼ばれて行く途中、おれの言葉を小耳に挟んで、こんなところにしょっ引いて来やがる。なんて、尻のすの小さい奴だ。いったい、なんのために浮羅君なんかのところに行きやがったんだろう。あんなに多くのやつらを白州に、待たせっぱなしに待たせて置きやがってさ。それで閻魔大王とは、よく言えたもんだ」

「よさないか、いい加減で」

「いいや、いくらでも言ってやる。閻魔大王がそんなふうだから、お迎えの野郎だって、すぐ鼻薬がきくんじゃないか。こけおどかしもいいとこ、あんなのは見たこともないよ。しかも、ただの紙銭百束でだぞ。これであの世の裁きだなんて聞いてあきれるよ。これじゃ賄賂がまかり通り、腐敗堕落して世が乱れないのがおかしいぐらいだ、ハハハハハ」

「繆君、いくら詩文の友だったといっても、きみとはもう縁切りだ」

「詩文の友？　おれはこれでも抜貢生だぞ。だのに手前はなんだ。いまだにうだつも上がらず、賈伯父の鼻薬なんかかがされているじゃねえか。だから、土匪の難に会いながらおれの言葉も耳にはいらないんだ」

繆永定の言うことにも理がないわけではありません。しかし、こう出られては翁青年も顔色を変えて蒼くなり、立ちあがって袖を振って出て行かずにはいられなくなりました。それをまた繆永定は追って行き、その帽子を摑(つか)みとったつもりでしたが足つきもあやしく、摑みとったのがたまたまお迎えさまのそれだったとは気づかず、

「大馬鹿野郎！」

怒鳴られてはッとおのれに帰りはしたものの、手には黒い帽子がある。家人に怪しまれてようやくあの世に行っていたのを知ったのであります。しかし、あれが果たしてあの世だったのか。あの世とはいえこの世の城都とすこしも変わらない。おそらく、あれは酔余の夢に違いない、そのために、思いだせぬながらもどこかで見たことがあるような気がしたのだ。そう考えて、夢にもせよ紙銭百束を早く賈伯父に返せと、薄気味悪がって家人がしきりに進めたにもかかわらず、

「紙銭百束といっても、五、六両はかかる。飲んだほうがましだ」

と、一笑して行(おこない)を改めず、薄ら笑って賈伯父はおれの手の甲を打ったやつだなどと言うのです。かと思うと子(し)という家で飲み、得意げに黒い帽子を見せおれはあの世に行って来たんだと軽口を叩くうち、またも主人に食ってかかり、戸外に放り出されてしまいました。幸い、息子

が知って連れて戻りましたが、繆永定は部屋にはいるとよろよろと壁に向かって跪き、

「賈伯父さん、お借りしたぶんはお返しします」

そう言って倒れたときは息が絶えていたのです。たしかに手に持っていたはずの黒い帽子もみえなくなっていたので、人々はすでにこの世に来てい、ついに彼の語ったあの世の城都に連れ戻されたのだと噂しあいましたが、家人はせめてものつぐないにと紙銭百束を求め、野に出て賈伯父のために燃したといいます。

あの世までも

いったい、あの世があるものか、あるとすればそこにはどんな眺めがあり、なりわいがあるかということほど、人々の大きな関心をひくものはありません。それもこうした世なればこそですが、明朝が倒されて清朝になり、戦乱あいついで匪賊が横行し、目を覆うばかりの殺戮がなされる。商家が興り農民が安穏を得たと思えば束の間で天災蝗害等が起こり、たとえこの世からあの世に行ったとしても、いわばそうした世変わりに過ぎず、あの世とても官僚が腐敗しきって、賄賂など行われるのが当然と考えていたのかもしれません。

それにしても、東安のひと席廉は病んで危篤に陥り、牀の上でのたうち廻って、

「羊のやつ、あの世の鬼卒どもに袖の下を摑ませて、おれに棒叩きを食らわせやがる！」

と、叫んだかと思うと、ほんとうに棒叩きを食らったように、からだのあちこちがふくれ上がり、さも苦しげに呻き声を上げはじめました。羊某は家に楼閣があり、広大な田地もあるというむらの富豪で、数年前に亡くなったのですが、なにかというと言い争ってこの席廉とは生前からひどい仲違いをしていたのです。

息子の方平は看とりながらも、まるで自分が棒叩きにあっているような思いで気が気でなく、ほどこす術もなくいるうちに、父の席廉はついに息絶えてしまったのです。

「親父はその名のように清廉木訥で、ろくに言い逃れもできず、あの世の鬼卒どもに叩かれ放題になっているのだ。おれはこれからあの世に行って、親父にかわって怨みを晴らしてやらね

ばならん」

そう言ったなり口もきかず、立ったり掛けたりしている間に、妻子の呼ぶ声もかすかになって、魂はすでにからだを離れていたのであります。もともと、こうした気性は父の席廉から受けついだもので、そのために席廉と羊某との確執も、あの世までも持ち越されていたのです。かくて、席方平はあの世へと家をさまよい出はしたものの、どちらに向かってよいものやらわかりません。お迎えさまらしい黒い帽子にしばしば行き合いましたが、見向きもしてくれないのです。しかし、ここにも邑があり郡があるもののようで、たまたま道にいた老人に教えられて邑の城内にはいり、探し求めて獄門をくぐると、偶然にも父はそこの小さな汚い牢獄に入れられています。頑固な父もさすがに寄るとし波には勝てぬのでしょう、暗い片隅にとり乱して寝ていましたが、ふと息子のいるのに気がついて、

「鬼卒どもがみな羊のやつの袖の下を貰っていて、いまも棒叩きをやめないんだ。夜となく昼となくやられるんで、これこのとおり」

あえぎあえぎ虫の息で言うのです。たださえ、どこの邑の城内やらわからぬが、どうやら羊某もここにいて相も変わらずの家門を張り、鬼卒どもに袖の下を使っているのかと思うと腹の虫が収まらぬばかりか、父は脛といわず股といわず見るも無惨にはれ上がらせている。その酷たらしさは生前よりまたまた一段とひどいのです。席方平は憤りを圧えもならず、

「なんで、親父に棒叩きなんか食らわせるんだ。この世ならぬところにも、王章という定めがあるはずだ。貴様らのかってにはさせんぞ！」

そう罵って、捕りおさえようとする鬼卒どもを振り切り、獄門を出ると席方平は訴状を認め、翌朝城隍が出祠して来たのを見すまして、冤罪を叫んで差し出しました。しかし、羊某の袖の下はここにも行き渡っているのでしょう、申し立てになんの根拠もないとして、てんで相手にしてくれません。

席方平は憤懣やるかたなく、あるいは畠にあるいは道にいる者たちに聞き、百里あまりも歩いて郡に行き、実情を郡司に訴え出ましたが、半月も審理を遅らせ、さんざん棒叩きを食らって、ふたたび城隍にさし戻され、枷責めにあったのです。

しかし、城隍はもしや閻魔大王の城都に走って訴え出るようなことがありはせぬかと恐れ、この世につっ返すにしくはないと、鬼卒に命じて家まで護送させましたが、席方平は門にはいらず、鬼卒が去ったのを見すましてやみくもに駆けだし、閻魔大王の城都に辿りつきました。

席方平は黒い帽子にしょっ引かれた群がり騒ぐこの世ならぬものたちには目もくれず、ひたすら広い白州を馳け抜け、城隍と郡司等の袖の下のむさぼりようを訴えて、

「これじゃ、あの世もなんの変わりもないじゃないか」

と、閻魔大王のいるらしい広間の奥へと、大声で喚き立てたのであります。どうやら、閻魔

大王は城隍と郡司とをひっ立てて対決させろとでも言いつけたようで、数日ならずして城隍と郡司は、席方平が街にとった宿に腹心の者をさし向け、千金を出すからこのままひき下がってくれと申し入れました。しかし、席方平は耳をかそうともしないので、宿の主人が心配げに言うのです。

「あなたは勝ち気すぎます。みなが話しあいをなさろうというのに、我を張って聞こうともしない。なんでも、閻魔大王のそばの者たちにも、お二方から相当な額を包んで差し上げたとのこと、おそらく無事ではすみませんよ」

果たして呼びだしがあり、鬼卒に連れられて閻魔大王の役所の広間の前まで来ると、すでに命があったかのごとく、ただちに二人の鬼卒に引き渡されて、刑場にまわされました。そこには目もはるかにこの世ならぬものたちがうずくまり、笞(むち)打たれて唸き声を上げています。席方平もたちまち縛り上げられたので、

「おれになんの罪があるんだ！」

思わずそう叫んだものの、二人の鬼卒は容赦もなく笞打って手をゆるめようともしないのです。笞は皮膚に食い入って、血が流れだしましたが、席方平は屈せず、

「わかっているぞ。わしの家が貧しく、貴様らに袖の下も使えぬからな」

と、がなり立てていると、使いの鬼卒が来、二人の鬼卒はなにやら頷いていましたが、

「まだ根性が直らない。火あぶりにせよとのことだ」

そう一人が言って、席方平を別の刑場に引っ立てました。ここにも目も遥かに火が燃えさかり、まっ赤になった鉄の牀に乗せられた無数の罪人が、みなぎる煙の中に唸き声を上げ、異様な臭気を漂わせています。二人の鬼卒は席方平の衣類をはぎとり、その手足を握ってまっ赤な鉄の牀にほうり上げ、こもごも足を上げて踏んづけるのです。肉はおろか骨までも音を立てて焦げ、席方平は酷熱に耐えがたく、むしろ死んでも死ねぬのを、苦しまないではいられませんでしたが、一時ほどして二人の鬼卒は、

「よし!」

と、言ってまっ赤な鉄の牀からひっぱぐと、衣類を着せさせるのです。鬼卒の一人が助けて歩かせながら、

「これでもまだ訴える気か」

そう訊くと席方平は言下に、

「冤が晴らせず、この心もまだ死んではいない。訴えないでおくか」

と、肯んじる様子もありません。鬼卒の一人がさきほどの使いの鬼卒にその旨を伝えると、やがて戻って来て、

「鋸びきの刑に処せよとのことだ」

そこで、席方平は更に別の目も遙かな刑場にひかれて行きましたが、そこでも目も遙かに八、九尺の対の木の間の二枚の板に挟まれた無数の罪人が立ちながら鋸でひかれ、血生臭いにおいが漂っている。二人の鬼卒は空いた刑具に近寄って、あお向けに置いてあるべっとりと血のついた板を持ち上げて挟み、対の木に縛りつけると、念を押すように鬼卒の一人が、

「まだ訴える気があるか」

「訴える、訴える」

席方平がそう答えると、鬼卒の一人は、

「そうか。じゃァ、やるまでだな」

と、言って鋸の片方を握り、もう一人の鬼卒に他の端を握らせ、二人して席方平を頭からひきはじめました。脳天が次第に開いて来るようで耐えがたい痛みを覚えましたが、歯を食いしばって我慢していると、その歯も二つに断ち切られて来て、歯を食いしばろうにも食いしばれなくなるのです。

「なんて、強情なやつだ。こんなしろものにはお目にかかったことはない」

鬼卒の一人がそう言ううちにも、鋸はギシギシと胸もとまでやって来るのです。すると、もう一人の鬼卒が答えて、

「ひとつ、その強情に免じて心を傷つけないようにしてやろうか」

と、鋸を弓なりにひきはじめたので、痛みは筆舌に尽くしがたいほどになりましたが、やがて板が対の木から解かれると、席方平の半身がそれぞれ別々になって倒れました。そこへ、また使いの鬼卒が来て、

「もういい。からだを合わせて連れて戻れということだ」

と、言うのです。二人の鬼卒はそれぞれ別々になった席方平の半身を立てて合わせると、からだはひとつになりました。しかし、鋸でひかれた裂け目がまた裂けそうに痛んで、ひと足と歩まぬうちに崩折れてしまいましたが、

「貴様の強情にめでてこれをやろう」

鬼卒の一人が腰から糸帯をとり出して、そう言って渡してくれたので、受け取って締めると、席方平はいつとなくからだがもとのようになり、痛みもなくなってしまったのです。連れられて白州のほうに戻ろうとすると、また使いの鬼卒が来て呟くのです。

「まだ訴えるか」

「むろんだ」

なおも席方平が言いはると、使いの鬼卒は怒りだし、

「いい加減にしろ。はやく帰れ。妻子も待っておるのだぞ」

声を荒らげると二人の鬼卒が席方平をひきずって北門を出、帰り途を指さしてそのまま帰っ

てしまいました。しかし、閻魔大王のそばの者たちにも、お二方から包んで差し上げたとのこと、おそらく無事ではすみませんよと席方平には宿の主人のそういった言葉が、いま更のように思い出されて来るのです。だからこそ、閻魔大王に訴え出ると、城隍や郡司が千金をもって談合を申し出る。断わるとたちまちあの笞打ち、火あぶり、鋸びきの苦しみを受けた。なにがもういい加減にしろというのだ。席方平は怒りを圧えもならず、ふと清源真君のことを想い浮かべました。清源真君はすでに述べた最高神太上老君のおぼえめでたく、聴明で曲がったことを許さぬとされている神であります。そうだ、この神に訴え出れば間違いないと、席方平が身をかえして走りはじめると、鬼卒たちが追って来て、むんずと捕えられてしまいました。

「こんなことだと思ったよ。あれだけひどい目にあわせても、まだ帰って行かぬかもしれぬ。追ってみよと言われたが、やっぱりそうだ。閻魔大王のお心を知らぬにもほどがある」

「なにがほどがあるだ。たとえ、だれがなんといっても、おれは訴える」

「訴えるとはまたどこに訴えるのだ」

「清源真君だ」

「清源真君だと……」

さすがに、鬼卒どもは驚いた様子でしたが、席方平はいよいよ強気で、

「清源真君に訴えて、貴様たちの穢土を清めてくれるわ」

と、言うと鬼卒の一人が、もう一人の鬼卒を顧みて、

「お前がみょうな仏心を出すからだ。あのとき、こやつの心をひき切って、この強情を直してやればよかったのだ」と、言い席方平を睨みつけて、「こんどこそ、大臼にたたき込んで、こなごなに引き砕いてみせるぞ!」

「なんだ、そんなことで貴様らに、おれの根性が直せると思うのか。すでに笞打ち、火あぶりにあい、鋸びきにあったおれなのだ。臼びきなど恐れるおれではない。なん度でも言ってやる。おれはあくまでも訴えるとな」

席方平は肩を怒らし、ひかれるというより進んで歩むようにして、白州に戻って来ると、また使いの鬼卒が来て、

「閻魔大王が太上老君のもとへと浮羅山に行かれたのも、この穢土をいかにして清めんかと、清源真君らと話しあわれるためだったのだ。羊某の袖の下に迷わされた城隍や郡司は、すでに処分してある。むろん、羊某は財をもって左様なことをしたのだから、すでにその財は没収された。しかし、わずかな争いから羊某をそうまでさせねばおかなかった、お前の父の頑迷もさとし難しとしなければならぬが、しかるべきところに生まれかわらせられておる。お前の訴えも父を思う心に出たとはいえ、なかば父より受けた性(さが)によるものだ。そうそうに立ち帰り、いましめて天寿を全うするんだぞ」

席方平は気がつくと、目覚めるように蘇っていたのです。果たして、羊某の子孫は次第に衰え、あの楼閣をそびえ立たせた家も、広大な田畑も他人のものになって行きました。それを見るにつけても、あの世のことが思いだされ、席方平は圧えがたい強情を圧えましたが、それでも圧え切れずしばしば妻子の笑いを買うことがあったのであります。

「あれがほんとの話なら、ちょっとばかり鋸で心を切っといてもらえばよかったのにね」

ところが、席方平があの世まで押しかけて行ったと知ると、みなひとしくあの世の閻魔大王の城都はどんなところかと聞くのであります。席方平は城都の街のたたずまいなどほとんど目にもはいらなかったのですが、白州のあった建て物は大きく、あわあわとした緑の瓦でふかれ、壮麗なこと形容のしようもないと、ちょうど江西の繆永定が見たとおなじようなことを言うのであります。

三世の縁

河南の彰徳のひと廉生員は学を好んだが、幼少のころ父母を亡なって貧しい暮らしをしていました。ある日、文学の友を訪ねて語りあううち夜も深けて、戻るつもりでいつとなく道を失い見知らぬ村に迷い込んでしまったのです。すると、彼方から老婆が近寄って、

「廉公子ではいらっしゃいませんか。この夜深けにどうしてまァ」

と、声を掛けて来るのであります。廉生員は途方に暮れていましたから、だれであるかも訊かず一夜の宿を頼むと、老婆はかねてこのことあるを知ってでもいたように、先に立って案内してくれました。夜目にも大きな屋敷のようです。中にはいると燈籠を提げた二人の少女に導かれて夫人が出て来ました。としのころ四十あまり、いかにも大家の人らしい風格です。

「廉公子をお連れしました」

老婆がそう言うので、廉生員が進んで拝すると夫人はなつかしげに、

「まァ、立派におなりだこと。見るからに、そこらの成り金の息子さんとは違うわね」

ほれぼれと見て招じ入れ、酒席をしつらえて盃をすすめるのです。しかし、夫人は盃を挙げるだけで、飲もうとしないばかりではありません。箸を上げてもただそうするだけで、食べようとはしないのです。廉生員はひとり飲みひとり食べることが面はゆく、いったいどんなお家柄の方かなどと訊いてみるのですが、夫人は笑って言うのです。

「もう二杯飲めば言ってあげるわ」

廉生員がその言葉に従うと、

「亡くなったわたしの夫は劉(りゅう)というの。河北を旅しているとき、変(へん)にあってにわかに死んだものだから、わたしはこんなところにひとり暮らしをする身になり、日に日に落ちぶれるばかりなの。孫が二人あるんだけど、一人は才覚がなく、一人はならず者。わたしとあなたとは姓こそ違え、三世をかけてのご縁があるのよ」

「三世のご縁……」

「それもやがておわかりになるわ。それで、あなたを見込んでお願いするんだけど、わたしにはすこしばかりの貯えがあるの。これをもとでに商売に出かけてもらって、儲けを分けあえば宝の持ちぐされにならずにすむと思うんだけど」

廉生員はまだ若年でもあり、書を読むより能がない、世の中のことも知らぬからと断りましたが、

「そりゃ、書も読まずに暮らすのでは、なんにもならないけど、廉公子ならできないことないわ」

夫人はそう言って、腰元に八百両の金を運んで来させました。廉生員があわてて辞退すると、

「廉公子が商いに慣れていないのはよくわかってるわ。でも、試してごらんなさい。損はしないわ」

廉生員はそれでは友だちと語らってみましょうと答えましたが、

「そんなことはおよしなさいよ。正直で商いになれた男に、身のまわりの世話をさせれば十分だわ」

夫人は笑ってしなやかな指を曲げてうらなって言うのです。

「伍（ご）という姓のものなら吉だわ」

そして、召使いを呼んで馬を曳きださせ、カネを嚢（ふくろ）に入れて、

「師走がすんだら、酒宴（さかもり）の用意をして待ってるわ。この馬はよく躾けてあって乗りやすいんですよ」と、言うと更に召使いを顧みて、「これは廉公子に差しあげたんだから、連れて帰らなくてもいいの」

廉生員が家に帰りついたのは夜中の二時ごろで、召使いは馬をつないで帰って行きました。

夜が明けると廉生員はさっそく方々にあたって、伍という男を探し高給で雇い入れることにしました。果たして、伍は旅なれてもいましたし、正直者で蔭日向がありません。そこで、カネはすべて伍にあずけ、湖南、湖北を歩いて年の暮れにあらためて勘定してみると、三倍もの儲けになっている。これも伍の働きによるものだと、きまりの給与のほかに金をやり、その分だけ帳面づらを少なくして、夫人には知らせぬことにしたのであります。

家に帰り着くとはやくも夫人の召使いが迎えに来ました。招きにしたがってそのまま行って

みると、すでに宴席の用意ができている。夫人が出て来てねんごろにねぎらいの言葉を述べ、廉生員がカネを渡し、帳面を差し出しても見ようともしないのです。席につくと賑やかな歌舞や音楽がはじまりました。伍も外の部屋でふるまわれ、酔って帰って行きましたが、廉生員はまだ妻がなかったので、泊めてもらって新しい年を迎えることにしたのであります。

あくる日、廉生員がまた帳面を見てくれるように頼むと、夫人は笑って、

「もうあんなことはしないでね。わたしのほうでもちゃんと帳面をつけているのよ」

と、廉生員に夫人の帳面を出してみせてくれました。それにはひそかに給与の他に伍に与えたぶんまでつけられているのです。これには廉生員も驚いて、

「夫人は神のようなお方ですね」

廉生員はそれなり数日を夫人のもとで過ごしましたが、そのもてなしはまるで息子かなにかのようであります。ある日、夫人は特に宴席をもうけ廉生員に向かって、

「あすは福の星の輝く夜、遠くへ旅立つのはもってこいの日。それで、今宵はあなたがた主従のために、送別の宴をして幸い先をお祝いしようというわけ」

やがて、伍も下の席に呼ばれ、鉦(かね)や太鼓がさかんに鳴りだしました。女優のひとりが歌曲の目録を差し出したので、廉生員が「陶朱公(とうしゅこう)の富」を唱ってくれるよう命じると、夫人は笑って、

「いい辻うらね。きっと、西施(せいし)のような夫人を奥さんにするわ」

と、言うのです。陶朱公とは越王勾践と計って天下の美女西施を呉王夫差に送り、その色香に迷わせて会稽の恥をそそがせた范蠡のことであります。後に西施をともなって湖南にのがれ、陶朱に住んで巨富を得たので、ひと呼んで范蠡を陶朱公と呼んだのですが、宴が終わると夫人はまた残らずカネを廉生員に渡して、

「こんどはいつまでなどと考えず、ほんとに陶朱公の富を得るのよ。わたしはあなたの福運を頼りにして心から信じているの。勘定のことなど気になさることはないわ。どんなに遠く離れていても、損得はわたしによくわかるんですから」

廉生員は言われるままに河北に行き塩商人になりました。一年もたつと数倍の利益がありましたが、廉生員はすべてを伍に任かせて、もっぱら文学の友と交わっていたのです。たまたま、そうした友のひとりを桃源に訪ねると、一家は田舎の別荘に移ってしまっているのです。もう日も暮れて行くところもありません、困っていると留守居をしていた門番が通してくれ、とりあえず榻を掃除して、食事をつくってくれました。なんでも、辺境におもむいている兵士を慰安するため、良家の娘を選んで送ろうとしているといった噂が立ち、妻のいない若者がいると仲人も立てずにいきなり娘を送り込んで、中には一夜に二人の妻を得た者すらあるという。友人もそれでさる大家の娘と結婚したのですが、輿入れのさわぎが知事に知れたらと、田舎に移ったとのことであります。

夜も八時を過ぎたころ、そろそろ寝ようとしていると、どうやら数人が戸をあけてはいって来る様子。門番がなんと答えたかわからないが、

「ご主人がお留守だなんて。じゃァ、奥でだれが明かりをともしていられるのかね」

と、問いただす声がするのであります。

「廉公子とおっしゃる遠くからお見えの方です」

門番はそう答えているようすですが、間もなくはいって来たのは見るからに立派な男で、威儀を正して廉生員にその郷里や姓を尋ねるのです。廉生員が答えると男は喜んで、

「河南の彰徳とおっしゃると、わたしの同郷じゃありませんか。それで、奥さまはどちらからお迎えで」

と、聞くのであります。そんなものはまだ迎えていないと答えると、男はいよいよ喜びを顔にみせて、

「ありのままを申し上げます。わたしは慕（ぼ）というもので、今夜参ったのはここのご主人に、妹を差し上げるつもりだったのです。ちょうど、そこにあなたがいられ、まだ奥さまも迎えていないとおっしゃる。ここの主人に輿入れがあったとは聞いたが、事態がこうなってはそんなことも言っていられない。そう思って押し掛けて来たのですが、これこそ天の命というものです」

　廉生員は娘を持つ家のこうした騒ぎをすでに門番から聞かされてはいたものの、まさかわが身に降って湧こうとは、むろん思ってもいませんでした。返事もできずにいると、やがて娘が二人の老婆に助けられてはいって来、榻に掛けるのです。としは十五、六、まさに西施ともみまごう類もまれな美しさに廉生員は夢心地で姿を正し、礼を述べてから門番に頼んで酒肴の用意をさせると、慕も謝して言うのであります。

「さきほどわたしはご同郷といいましたが、じつは亡くなったわたしの両親が彰徳の者なのです。ことに、母方の祖父は劉暉若（りゅうきじゃく）といい、相当な家柄で城府の北、三十里のところにいたと聞いています。しかし、いまは落ちぶれてしまったらしく、孫が二人いるとのことですが、様子もわからないんです」

「わたしは府城の東南に住んでるんですがね。あなたのおっしゃる北のほうの村とは遠いんです。それに、としもまだ若く知りあいもさしてないんですが、城府の北には劉と名のる者が多いんですよ。もっとも、劉荊卿（りゅうけいけい）という文学の友があり、貧しいばかりか、弟の劉玉卿（りゅうぎょくけい）がならず者で困っていますが、さァ、二人のお孫さんというのがその人たちなのかどうか」

　そう答えながら、廉生員は夫人がわたしには二人の孫があり、一人は才覚がなく、一人はならず者と言ったのをいま更のように思いだしました。

「いや、それかもしれない。いずれにしても、わたしの祖先の墓は彰徳にあるのです。ここで亡くなった両親の柩を持って帰って葬りたいと思いながら、旅費の工面がなりかねて遅れ遅れになっているのです」

「それじゃ、それはわたしに引き受けさせていただきましょう」

「そうですか。こんどはお帰りになるときは妹もご一緒するでしょう。そのとき、わたしも思いきって帰郷します」

慕は喜んで盃を重ねて帰って行きました。廉生員は灯を移し夫婦の語らいをしましたが、そのこまやかさは言いようもありません。これを知って友人はいそいで戻って来、別院を掃除させてとりあえず廉生員夫妻を住まわせたのであります。

廉生員はひとり河北に行って勘定をすませ、伍を店に残してカネを持って桃源に戻り、慕とともに慕の両親、すなわちしゅうと、しゅうとめの柩を開いて骨を出し、友人に別れを告げともども船に乗って帰郷の途につきました。一応、家に落ちついてから、カネを嚢に入れ、終始行をともにしたれいの馬に乗せて曳いていくと、もう見覚えのある召使いが待っているのです。導かれるままに行くと、夫人は喜色をたたえて、

「やっぱり、陶朱公が西施を連れて戻って来たわね。いまではもうただのお客人じゃないのよ」

そう言って、酒席を開いて、いよいよ親しく振る舞ってくれるのであります。廉生員は夫人

がなにごとも見通しなのに感じ入って、

「それでは、わたしの妻となにか……」

と、問い返すと夫人は笑って、

「そんなことお訊きにならないでも、いまにわかるわ」

そう言って、カネを机の上に積み、それを五つに分けて、その二つをとり、

「わたしにはべつに使い道がないけど、あなたの文学の友、まァこれだけ上の孫に残しておくわ」

廉生員は自分がその三つを受け取るなどという謂われはないと辞退すると、

「なに言ってるの。いまではまさに三世のご縁、ただのお客人じゃないのよ。ただね、わたしの家は落ちぶれたので、大きな木は伐り倒して、薪にされてしまいましたし、家もすっかり寂しくなりました。すみませんが、立て直して下さいね」

そう言って、廉生員がなおも固辞するのを無理に受け取らせ、夫人は送って出て、ふと涙して戻って行きました。後ろ髪を引かれる思いで廉生員が振り返ると、屋敷はいつか荒れ墓になっている。すなわち、そこは他ならぬ劉荊卿の祖父劉暉若の墓であり、夫人は妻の母方のこの世ならぬ祖母だったのです。そこで、ただちにあたりの土地を一頃(いっけい)ほど買い入れて、立派に墓土を盛り木を植えることにし、劉荊卿を訪ねてあつく贈り物をしたのです。廉生員が商いの道

にはいったいきさつを知ったならず者の弟の劉玉卿はひそかに墓をあばきましたが、なにものも得られませんでした。しかし、それを知った廉生員が、その兄の劉荊卿とともにあばかれた墓にはいってみると、香机の上に夫人が上の孫のためにと五つに分けた金の二つが、そのまま置かれていたということであります。

余談ながら、良家の娘を選んで辺境の兵士の慰安に供するという話は、結局流言蜚語に過ぎませんでした。しかし、世が世であり娘を持つ良家を大いに怯やかしたもので、わたしの妻のごときもすでに許嫁（いいなずけ）の間であったにもかかわらず、こうした流言蜚語に怯やかされ、あたかも嫁入りしたかのごとく装ってわたしが十六歳のときに馳け込んで来たのです。妻は士人劉国鼎（りゅうこくてい）の娘、わたしより二つとし下でしたが、西施にはほど遠く、その姓が劉なるをもっていたずらにわたしが陶朱公を夢み、この物語を作為したとされることを恐れるものであります。

美少年

清朝はその創業に功のあった者の子孫をもって、八旗と称する軍団をつくっていました。すなわち、満人よりなる満人八旗、蒙古人よりなる蒙軍八旗、漢人よりなる漢軍八旗がこれです。かくて、武力をもって全土を制圧する一方、次第に官僚制度を整えて治世の功も見るべきものがあり、順治帝のころには兵乱もやや治って来ましたものの、旅にはなお鬼蜮（きいき）なるものがいて、特に南北を貫く表街道では、その害を被る者が少なくありません。鬼蜮とは水中に住む虫のことで、その姿を見た者はないのですが、人が通ると砂を含んで水に映る影に吹きかける。すると、人はそれとも知らず、瘡（かさ）を病むとされているところから、それとは感じさせずつき纏って金品を詐取する者たちのことをいうのであります。それは駑馬を立たせ、強弓をもって人を襲う類（たぐい）ではないが、それ相応に人を困らせずにはおかなかったのです。

わたしと同郷の王生員（しょういん）が漢軍八旗の旋（せん）太史を訪ねようと、都へ志し下僕をともに済南に出て、一夜の宿をとって野中の道を半日ほど行くと、ふと前方に驢馬で行く者があります。としのころは四十あまり、身なりもまあ整っているが、ぐったりと首を垂れ、驢馬の歩みにまかせてうつらうつらしているのです。十里あまりも先になり、後になりして行くうちに、つい気になって王生員も驢馬を寄せ、

「どうなすったんです。なにかあったんですか」

そう訊くとそのひとはあくびをし、

「いや、ゆうべついうっかりと、みょうなやつと宿りあわせてしまってね。少々、贈りものをもらったりしてたもんだから、これはと思って眠られずにいたんだよ」

「みょうなやつって……」

「まあ、鬼蜮の類だな」

その素気ない言葉に、

「鬼蜮の類？」

と、問い返しながら王生員ははッとして、こんどは自分が疑われているのかと思いました。済南を出てまだ何里と行かぬうちに、むこうから驢馬を寄せて来て、「都へいらっしゃるんでしょう。わたしは張と申す棲霞県の小役人ですが、旅は道づれ、御同宿ねがうわけには参りませんでしょうか」と言う者があったのです。へり下ってはいるもののいやに馴々しく、うさん臭い気がしてそれとなく避けようとするのに、前になれば驢馬に鞭打って追いついて来、遅れれば道の傍に寄って待っている。幸い、下僕がシッカリ者で、不審に感じたのでしょう。気色ばんで声を荒らげ、「来るな！」ときめつけたので、恥じ入ったように姿を消してしまいましたが、ひょっとすると自分もいたずらに声を掛けてあんな手合と見られたかもしれぬ。そう思うと、不思議にもこの男なら信用が置けるといった気がして来、名乗って近づきを乞うと相手もやっと信用したふうで、

「申し遅れたが、わしは許というものでね。いとこが臨淄県の知事をしている関係で、兄が役所で塾を開いている。贈りものというのもその兄からのものなんだが、わしの遠い親戚にも、鬼蜮の類に路銀を巻き上げられたことがあったんだよ。用心することですな」

と、注意してくれるのです。たまたま、王生員も臨淄県の知事とは知りあいで、よく生員がそうしていたように、その側近になっていたことがあり、門下の食客にたしか許というもののいたような記憶がありました。すっかり気を許して、むしろこちらから相宿を持ちかけましたが、許はまたもうつらうつらしてて、いつか離れ離れになってしまったのです。そこで、王生員は下僕と宿をとり、更に一夜を過ごして出かけましたが、そろそろ昼も近いというころ、としはまず十六、七、ぴちぴちした騾馬に乗り、冠も服もととのっている。顔かたちも優雅で、美少年というよりも美少女といいたいほどです。王生員は心ひかれて、思わず驢馬を寄せると、

「屈律店までまだあるんでしょうか」

ただ細々と道がつづくばかりの原野を見やって、少年はため息まじりに言うのです。

「屈律店までは日暮れまでかかりますよ」

道行きもろくに知らぬ様子なので、途々聞けば少年は金といい、江南のもので三年灯火に親しんで科挙に応じたが落第の憂き目を見、気晴らしにとなにかの部の主政をしているという兄を訪ねて家族を乗せて来たが、騾馬がもののはずみで駆けだして、こうして自分ひとりになっ

たのだとのこと。それにしても、なぜ下僕たちまで来ないのかと、気もおろおろとあと見あと見しているので、やむなく王生員はこの金少年を置いて行かねばならなくなりました。

日が暮れて屈律店の宿に着き、部屋にはいって行くと、壁ぎわの榻にはすでに荷物が置いてあるのです。先客があるのかと主人に尋ねていると、

「さあ、どうぞ。なんなら、わしが移るから」

と言う者がある。それがなんと、臨淄県の知事の身寄りの者だという許であります。きのうは驢馬の上で、あんなにうつらうつらしていたのに、けさはどこかの宿から早発ちして来たのだろう。そう思いながら、王生員は喜んで引きとめ、しばらく話していると、まただれかがはいって来て、

「おや、もう先客があるんですね」

と、言って去ろうとするのです。見ればあの金少年で、許も道中すでに顔見知りになって、心をひかれていたのでしょう。王生員が引きとめようとする前にひきとめて、どうせ兄から贈られたものだからと、胴巻きを解いてカネを積みあげ、秤(はか)って一両あまりを主人に渡し、酒肴を命じてみなで一夜を楽しもうと言いだしました。二人は争ってとめようとしましたが、なんとしてもきかないのです。

やがて、酒席がととのって、金少年は文章を論じはじめました。それがいかにも風雅なので

す。王生員が江南の科挙試験の出題を尋ねると、金少年はくわしく話して、そのところどころを朗誦したりし、二人でわがことのように口惜しがったり、得意になったりしていました。しかし、ふとあの美しい顔を曇らせ、行く先はきまっているから、いずれ見失った家族とは会えるとは思うが、召使いもいないし騾馬の世話をどうしたものだろうと言うので、王生員は下僕を呼んですぐその面倒をみるように命じ、あとは下がってやすむように言いつけました。金少年は喜んで、

「ぼくはどうもついてないんですね。ゆうべはゆうべで同宿の者が、夜っぴて骰（とう）を投げて騒ぐんでしょう」

「兜（とう）を投げて？」

許には金少年が南方のなまりで、骰を兜と発音するから聞きとれないのです。すると、金少年が袋からさいころを取りだしてみせたので、許もやっとわかったらしく頷いて笑いながら、

「それで、わしもきのうは驢馬の上でうとうとし、人ごこちもなかったんだ。ひとつ、こんどはそのさいころで酒令をもうけ、大いに盃を乾すとするかね」

そう言って、王生員を誘いましたが笑って断ると、二人は強いるでもなく隣室に移って、さかんに声をあげはじめました。なに気もなく覗いてみると驚いたことに、おととい、下僕から追い払われたまま姿を消していた、あの張と名乗った棲霞県の小役人までいるのであります。

これはと思わぬでもありませんでしたが、べつに自分とは係りのないこと、ひとり榻に上がって横になっていると、許が来て笑いながら、

「何点、勝ったよ」

と、得意げに言うのであります。

「何点勝ったって、だれが……」

「だれがって、きみがさ」

「わたしが？」

「うん。きみに代わって、ぼくがさいころを振ってやったんだ」

迷惑なことをすると思いながらも、王生員は疲れに勝てず眠くなって来ました。うとうとしてひと事のように聞いていると、扉を押し開けてどやどやと四、五人の男がはいって来、なにやら蕃語でまくし立てたとみるまに、統領らしい者が大声で、

「わしは蒙軍八旗の佟という者だ。博打の見まわりをやっている。ウムは言わさんぞ」

と、怒鳴るのです。王生員はむっとして腹立ちまぎれに、

「蒙軍八旗？　わたしは漢軍八旗の旋太史の身内の者で、いま太史を訪ねて都に行こうとしているのだ。博打なんぞわたしの知るところではない」

そう言うと、蒙軍八旗と称する佟たちは手のうらを返すようにへり下り、隣室のみなはほっ

としたように、また博打をはじめました。それのみか、取り締りに来たはずの佟たちまで仲間に加わっている様子で、相変らず許がはいって来ては、きみは勝ったの、負けたのと言うのであります。

「そんなこといちいち言いに来ないで、寝かせて下さい。わたしは眠たいんです」

王生員は、そう言いに来る許も眠れなかったと言って、驢馬の上でもあんなに舟を漕いでいたのにと思いながら、なおのこと眠ろうにも眠れなくなって来ましたが、やがて勝負がすんだのでしょう。佟たちがはいって来て、王生員の荷物を開けようとするのです。

「なにをするんだ」

王生員がそう叫ぶと、

「なにをするも、かにをするもありません。あなたが負けたぶんをいただくだけのことですよ」

と、佟が言うので、王生員も寝ていられず、

「わたしがどうして負けたんだ。ただ、ここに寝ていただけで、博打もなにもしとらんじゃないか」

起き上がっていきなり立つと、金少年が来て押しとどめ、佟らを一応隣室に退かせて小声で言うのです。

「あいつらは蒙軍八旗なんて言ってるが、間違いなしの悪ですよ。ここのところは、まァ、やつらが言うように、金を出してやって下さい。幸い、わたしは勝って許さんや張さんから、貰うことになっています。それがかれこれあなたが負けたのと、おなじくらいなんです」

「というと……」

「ですから、佟には許さんや張さんから払わせ、あなたはわたしに払っていただく。なァに、それはただこの場だけのことで、すんでしまえばわたしからまた、こっそりお返ししますよ。わたしたちは詩文の仲間、まさかあいつらのような真似はできないじゃありませんか」

　金少年はあの美しい顔で、わかってるでしょうと言わぬばかりに目配せして笑うのです。王生員が感謝して頷くと、隣室に赴いてこのはからいを話したのでしょう。みなを連れ戻して王生員の荷物を開け、カネを自分の袋に入れる、佟たちは相手をかえて許と張から受けとるで、事もなく立ち去ってしまいました。明け方になると金少年ははやくも起きて来て、早発ちしようと促してくれましたが、王生員はうつらうつらして眼が覚めないばかりか、

「あなたの驢馬は疲れてるようですから、ゆうべお預かりしたものは、わたしの驢馬に積んで行きますよ。あとでお渡しします、お待ちしていますから」

　そう金少年が言うのを夢心地に聞きながら、下僕に起こされるまで眠りほうけていたのです。しかし、驢馬を急がせて何十里か追ったのですが、たしかに待っていると言ったのに、杳とし

て金少年の姿はありません。考えてみれば、あんなに家族や召使いを待ちながら、あと見あと見していた金少年が、にわかに早発ちをしたというのも解せぬことです。許られたのかもしれぬ。そう思うと、彼らはすべてぐるであり、ぐるであることを悟られぬために、金少年が南方なまりで骰(とう)を兜(とう)と呼び、許が聞きとれぬふりをしてみせたりした様子まで、ありありと目に浮かんで来るのです。疑いもなく、わなははじめからちゃんと仕掛けられていたのに、まんまとそれに掛かるまで気もつかずにいたのです。

それにしても、下僕はへり下って棲霞県の小役人だといったあの張を、一目で臭いと睨んで追い払ったのです。事はすでにそこからはじまっていたのに、けさに限って下僕までなぜあんなに寝すごしてしまったのか。不審に思って問いただすと、下僕は面目なげに頬を赤め、金少年がしのび込んで誘惑し、身も心もとろける思いをさせられて、夜明けがたつい眠ったのが悪かったと言うのであります。

蜂

順治十七年、いよいよ郷試の日が近づいて来ました。郷試は進士となるための第一関門ともいうべきもので、三年に一度各省の省城、すなわちわたしたちの山東では済南で行なわれるのであります。済南はわたしの村淄川の満井荘からさして遠くはなく、みなもしばしば出向くところですが、なお鬼蜮の類がいないと言えぬばかりではない。そこにはむろん妓楼もあり、郷試にこと寄せ、みずから好んで遊興し、ありガネを失う輩もいる。なんといっても、殷賑な街で田舎育ちには心を浮き立たせずにおかぬものがあり、わたしもあの老人に連れられた童子が、天に向かって投げ上げられた縄をよじ登って桃を盗んで来た祭の日のことなど、いまもきのうのことのように覚えています。

あれから二年、十九歳で生員をかち得たわたしも二十一歳になり、青雲の志を胸にいよいよ進士たるべく友どち相戒めて、道中事もなく済南に赴きましたが、試験場には幾十とない房を持った片屋根の棟が、目も遙かに連なっています。しかも寝具や炊事道具を振り分けに天秤でかついだ無数の生員は検査を受け、このそれぞれの房を割り当てられて煮焚き寝起きをしつつ、左右に渡された板切れを前にして坐り、幾日かを呻吟しなければなりません。いつか背壁を向けた前の棟の屋根に切りとられた空が夕焼け、手許が薄暗くなって来ました。まるで、蜂の巣にいるようだ。そろそろ、燭をともさねばと思いながら、わたしはいつか竇旭から聞いた話の中にいるような気がして来るのです。

寶旭、字は暁暉。たまたま昼寝をしていたそうで、気がつくと粗い毛織りの褐衣の男が、榻の前に立っている。衣服からして賤しい者らしいが、もの言いたげにもじもじしているので問いかけると、

「女王がお出で願いたいとのことでございます」

「女王が……」

不審の念に駆られながらも、ついて出て塀を廻ると、不思議なことにはやくも楼閣が立ち並び椽が連なっています。なんだか夢心地でまだ覚めもやらずにいるのかと思いながら、行けば何万とも知れぬ家、何千ともわからぬ門があり、街衢整然としていかにも清々しく、さかんに女官たちが行き来して、

「竇さまがおみえになったの」

と問い掛けるのです。褐衣の男がそれに「はい、はい」と答えているうちに宮殿に導かれ、高官らしいひとが現われて鄭重に迎えてくれたので、

「あやまってご歓待を受けたのではないでしょうか」

竇旭はおそるおそる尋ねましたが、

「いやいや。女王があなたの清いお血筋や徳をお慕いになり、ぜひお会いしたいと申されるのです」

そう言い終えるか終えぬに二人の女官が来、それぞれ旗を立てて賓旭を導いてくれるのです。幾重もの門をはいって行くと、遙かな殿上に女王と覚しい人が見え、階(きざはし)を降りて来て礼をとること、さながら国をあげての賓客を迎えるもののようであります。女王にしたがって席につくと、みるみる馳走が並んだばかりではありません。盃が回って階下から笙(しょう)と歌が聞こえて来ましたが、あえて鉦(かね)や太鼓は鳴らさず、いかにもゆかしくしっとりとした趣です。やがてのこと、女王は左右の者たちを顧みて、

「一句をものするから、みなの中から対句(ついく)をおつけ。『才人桂府に登る』、どうお……」

そういえば、殿上には「桂府」と大書された額がかかってい、あたかも月の宮居とでもいうがごとくであります。左右の者たちはしきりに首をひねっていましたが、賓旭がおそるおそる、

「『君子蓮花を愛す』」

と、答えると女王はニッコリして、

「どうしてこうも符合したのでしょう。蓮花は公主(ひい)の幼名です。これも宿縁というものだわ」

ひとり頷いて公主を呼び出させました。しばらくすると、回廊の彼方から身に佩(お)びた玉の音が近づき、こまやかな蘭麝(らんじゃ)のかおりがして公主が出て来ました。年のころ十六、七。たぐいもまれな美しさです。

「これが公主(ひい)の蓮花です」

女王は公主に拝礼させ、拝礼をすますと公主は行ってしまいました。賓旭はこころが揺れ動き気を奪われて、女王が盃をとって勧めてももう目に映らぬようです。

「公主とほんとに似合いだ」

女王はほほ笑んでそう言いましたが、賓旭はぼんやりしてそれすらも耳にはいらぬふうであります。左右の者たちのひとりがひそかに賓旭の足を踏んで、

「女王が言っていられるのが、聞こえないんですか」

と、囁いても賓旭はなお腑抜けたようになっていましたが、やがてのことわれに返って恥ずかしさに堪えず、席を離れて、

「厚いおもてなしをいただいて、つい酔いを過ごしました。礼を欠きましたところはお許しいただきます。日も暮れかけました。女王もお疲れでございましょう」

「なにも急いで帰ることはないのよ。しかし、無理じいはしますまい。またお迎えをやるわ」

女王は宦官に命じて賓旭を送らせました。

「女王は公主と縁組みさせたいお考えだったのですよ。どうして返事もなさらなかったのです」

道々、宦官にそう言われて、賓旭は足ずりしたい思いに駆られましたが、いつか家に着いたと思いながら目が覚めたときは夕焼けももう薄れかけているのです。しかし、すべてがまだま

ざまざと見えるようで、燈火（ともしび）を消して夢のつづきをみようと願ったものの、夢路のはるかさを嘆くしかありません。いたずらに輾転反側していましたが、そのうちまた夢のつづきにはいったのでしょう。れいの宦官が来てお召しだと言い、竇旭を伴って女王にまみえさせました。竇旭が感じ入って拝伏すると、女王は引き起こしてそばに坐らせ、

「お別れしてからも、公主を思っていてくれましたね。うっかり、公主をめあわせたいと考えて、これはと思ったんだけど、あやまりはなかったようだわ」

竇旭がただちに拝をして礼を述べると、女王は笑顔で学士大臣の陪席を命じましたが、宴もたけなわなころひとりの女官が進み出て、

「公主さまのおしたくができました」

と、言うのであります。ほどなく、数十人の女官に囲まれて公主が現われました。紅の錦で頭をおおい、おつきに手を引かれてしとやかに歩いて来、毛氈（もうせん）の上にあがって互いに拝を交わし、滞りもなく婚礼をすませて、竇旭は公主と館に送られて行ったのです。新婚の部屋は温かく清らかで、なんともいえずなまめかしい。

「あなたを見ていると、このまま死んでもいいと思うほど楽しいけど、これも夢のような気がしてならないのです」

竇旭がそう言うと、公主（ひい）はおかしげに口をおおい、

「紛うことなくあなたとわたし、どうしてこれが夢でしょう」

朝になって、竇旭は公主のためにおしろいを掃いてやったりして戯れていましたが、やがて帯で腰のまわりをはかったり、指をひらいて足の寸法をとったりするのです。

「気が違ったんじゃないの」

公主がそう言って笑うので、竇旭は、

「お別れしてから目を醒まし、ひとり儚くあなたのことを想っていたのです。たしか、もう夕焼けも薄れかけているころでしたよ。もいちど、あなたにお会いしたくって、どんなに夢のつづきを見たいと望んだでしょう。いや、いまもやはりあの夢のつづきを見ているという気しかしないのです。しかし、こうして覚えておけば、たとえこれがあの夢のつづきでも、ハッキリあなたを描いてお慕いすることができますからね」

「そりゃ、楽しすぎるからだわ。だって言うでしょう、夢のように楽しいって」

そんなことを言って笑いあっていると、ひとりの宮女が叫びながらあわただしく駆け込んで来ました。

「妖怪が宮門から押し込んで来ました。わざわいが迫っております。女王はすでに便殿に難をお避けになられました」

竇旭が便殿に馳けつけて女王にまみえると、女王は竇旭の手をとり、

「末ながく好みを結ぼうと思っていたのに、量らずもわざわいが降って来て国が覆ろうとしているんです」

竇旭が驚いて問い返そうとすると、また女官たちが口々に、「妖怪！」「妖怪！」と叫んで馳け込んで来ました。泣き叫ぶ声が宮殿に満ち、ために天日もなくなったような騒ぎであります。女王はなすすべも知らぬげに竇旭を顧みて、

「公主はあなたにお頼みしましたよ」

と、言うのです。竇旭は息せき切って、新婚の部屋に引き返して来ました。公主はおつきと寄りあって泣いていましたが、竇旭を見ると衿を引き寄せて、

「あなた、どうしてわたしを放っておおきになるの」

竇旭は気もおろおろに公主を抱き、

「わたしは貧しくて、あなたにふさわしい家のないのを恥じます。しかし、いまはそう言ってはいられない。わずか、三、四間の草庵ですが、とりあえず逃がれて身を隠しましょう」

公主は目に涙を輝かせて、

「こんなとき、そんなこと言っていられないわ。早く連れて行って」

竇旭は公主の手を引いて宮殿を逃がれ出て、混乱の中を馳け抜けていると思ううちに、いつとなく家に帰り着いたのであります。公主はあちこち眺めまわしていましたが、

「これこそほんとに安心できる家、わたしたちの国より余ッ程いいわ。でも、こうしてわたしがあなたについて来てしまったら、母はどうなるでしょう。別に一棟建てて頂戴。きっと国中の者がついて来ますわ」

「国中の者が？　別に一棟建てられるようなら、こんなところにいはしない。よしんば、一棟建ててみたところで、あの国中の者がどうしてやって来られるだろう」

竇旭がそう言うと、公主は耳もかさず、

「母たちの危急を救って下さらず、それで夫と言えますの」

と、泣き叫ぶのです。竇旭はそれをなだめて、部屋に連れてはいりましたが、公主はそのまま榻に泣き伏して、なんとしても宥めることができません。手だてもなく困じ果てているうちに目が覚めて、やはり夢のつづきを見ていたことを知ったのであります。

しかし、まだ耳もとでは泣き声がよよとつづいています。見ると、蜂が一匹枕のそばを飛んでいる。起き上がっても裳や衣のあたりを離れず、振り払っても逃げようとしないのです。

ひょっとしたらこの蜂が公主で、あれは蜂の王国だったかもしれない。だからこそ、別に一棟つくってくれれば、国中の者がついて来るなどと言ったのだ。竇旭はあわれに思って職人を呼び、蜂のために家をつくらせました。果たして、両側の壁が立つか立たぬに、塀の外から蜂の群れが織るようにつづいて、屋根もできぬ間に一斗あまりも集まって来るのです。

竇旭がその来る先を求めて行くと、もと隣りの老爺が畑をつくっていたところに出ました。いまは荒れ果てて雑草が伸び、その中に蜂の家が見えましたが、もう三十年もたったように古びているのです。近よると蜂はすべて逃げおうせたのか、蜂の家はひっそりとし、壁を開けると一丈ばかりの蛇がとぐろを巻いています。さては妖怪とはこのことだったのかと思い、竇旭はとって返し、たずさえて来た鎌で、その蛇を殺してしまいました。それから、蜂は竇旭の蜂の家でいよいよ盛んに増えて行ったというのです。

わたしは無事試験をすませて満井荘に戻ると、庭に蜂の家がつくられています。驚いて妻に訊くと、

「だって、蜂が連なって来て鈴なりになるんですもの」

そう言うので、わたしははッとして鎌をとり隣りの雑草地に分け入ると、果たして古い蜂の家があり一丈ばかりの蛇がとぐろを巻いています。それを殺して帰って来ると、あたかも空は夕焼けて暮れようとしている。なにかふと、わたし自身が竇旭のような気がして来るのです。想えばただの流言蜚語に過ぎなかったとはいいながら、それに怯えて嫁入りしたかに装ってわたしの家に馳け込んで来た娘です。あれから二年、彼女が十六歳、わたしが十八歳のときはじめて夫婦の契りを結んだのですが、あのときの彼女もまた竇旭の裾にからまりついて離れなかった蜂の公主のようなものだったと言えなくもないでしょう。

「いいことをしてくれたね。わたしは試験場でもあの暮れようとする夕焼けの空を眺めて、蜂たちのために家をつくってやった人のことを考えていたのだ。それをお前がわたしに代わってしてくれている。きっと郷試のほうもうまく行き、おれも桂府のようなところに登れる人になれるかもしれない」

夢見心地でわたしがそうひとりごちると、嬉しげに笑う妻にはまだ幼さがあってかわいいのです。

「そりゃ、そうよ。だって、あなたは十九歳で県試も府試も院試も首席で合格された方ですもの。信じていますわ」

見果てぬ夢

しかし、さすがに郷試発表の日が迫ると、王子安のことが夢うつつに想いだされて来たりするのです。王子安もわたしとおなじ山東省東昌で生れ、はやくからその才を謳われてみずからも大いに恃むところがありながら、郷試発表が迫るにつれていたたまらず、痛飲大酔して帰り榻に倒れていると、だれかが門のほうから叫ぶ声がするような気がしたというのです。

「合格しましたぞ」

生員になってすら村では相当の騒ぎになるのです。況んや郷試ともなれば合格は早馬で知らされ、知らせが来ると祝儀をとらせるのがならわしであります。王子安はよろよろと榻から立ち上がって、

「銭十貫やってくれ」

と、妻に言ったものの、なにぶんにも王子安は泥のように酔っている。

「寝ていらっしゃい。祝儀はもうやりましたよ」

そう言って妻は騙しましたが、王子安は騙されたとも気づかず頷いて榻に戻ろうとすると、まただれやら二、三の連中が晴れがましくはいって来て、

「おめでとう。きみも進士に合格したよ」

と、言うのであります。進士になるためには郷試、会試、殿試と三つの試験を通らなければなりません。しかし、会試と殿試とは省城でなされる郷試と異なり都で行なわれるので、さす

がの王子安も疑って、

「まだ都にも上がっていないのに、進士に合格するはずがないじゃないか」

と、取り合おうとしませんでしたが、

「なに言ってるんだ。ぼくらと一緒に三度の試験をすましたのに、忘れたのかい。ずいぶん、酔ったもんだな」

連中は腹を抱えて笑うのです。どうやら連中も合格した模様で、王子安も彼等が言うような気がして来たばかりか、浩然の気がみなぎって来ました。

共に駒を並べて遊びに出ましたが、たまたま毘盧仏（びるぶつ）を祀った禅寺に星者が泊っていると聞き、みてもらいに行くことにしました。星者とは人の生年月日によって、吉凶を卜（ぼく）する占い師のことであります。寺内にはいって会釈すると、占い師はみなの意気込みの盛んなるを見て、はやくもお世辞を言うのです。王子安は悠々と扇子を使いながら、

「どうだ。わしは大官になれるかな」

ほほ笑んでそう尋ねると、

「大臣どころか、二十年の太平の宰相におなりになれます」

と、占い師は言うのです。王子安は喜んでふざけながら、

「宰相か。もしわしがそうなったら、だれそれは江南の巡撫にしよう。従弟たちは相当な武官

にとりたてる。老僕はまあ小隊長ぐらいかな」

と、言ったりしてみなで大笑いになりました。ところが、そこに突然二人の宦官が現われ、朝廷から来たと言って、天子じきじきの手紙を差し出したのです。王子安を召し出して宰相とし、国家の大計をまかすというみことのりであります。さすがに、連中あきれた様子でしたが、王子安はそのまま駒を進めて誇らかに入朝すると、天子は身を乗りだして、

「三位以下の者については任免をまかす」

との温かいお言葉です。王子安は謹んでお受けすると、拝領した官服を着、玉帯をつけ、これまた拝領の名馬に乗りかえて退出しました。

戻ると家もすでにかつての屋敷ではありません。棟木は色も妙(たえ)に彩られ、椽(たるき)にはさまざまな彫りものがしてある。王子安にもどうしてこうもすべてが俄かに変わったのかわかりませんでしたが、椅子にもたれて髯をひねりながら軽く呼ぶと、召使いの答がいたるところから起こるのであります。公卿からは山海の珍味が送られて来るし、背をかがめ刻み足で歩く胡麻すりどもが、重なりあうようにして門を出入りしはじめる。しぜん、態度も変わって大臣が来たとなれば立って迎えはするものの、侍郎あたりになると会釈をするだけで掛けたまま話をきき、それ以下にはただ頷くばかりといったようになって来たのです。

山西省の巡撫が女楽士を十人贈ってくれました。みな美しく、なかでも嫋々(じょうじょう)と仙々(せんせん)の二人は

目もまばゆいばかりです。王子安はこの二人を寵愛し、出仕も怠って冠もつけず、ゆあみをすますともう遊楽にふけるという有様でしたが、ある日ふとまだ世に出なかったころ、県の紳士王子良から助けられたのを思いだしました。いまや自分は身を青雲に置きながら、王子良はいまだに官途にもつけず、うろうろしているようです。なんとか引き上げてやろうと奏上して諫議に推すと、たちまち天子のお許しがあって登用されました。また、太僕官の郭という者が、かつて自分を敵視したのを思いだし、給諫の呂氏と侍御の陳昌に告げて、意のあるところを言い含めると、明くる日にはもう弾劾文がこもごも出されて、郭は罷免されてしまいました。恩怨ともに心のままなること、かくのごとくであります。

たまたま、郊外に遊んだとき、酔いどれが行列の車に触れたので、その男をひっ捕え縛りあげて府知事に引き渡すと、そのまま杖打ちを食らって殺されてしまうといった有様で、大きな屋敷を構え、広い田地を持つ者たちで、その権勢を恐れぬものはありません。みな争って肥えた田畑や産物を贈ったので、王子安の富は天子のそれにも匹敵するほどになったのであります。

しかし、嫋々が死んだと思うと仙々が死ぬ。さすがの王子安も想いに沈んでいるうちに、ふと思いだしたことがありました。かつて、わが田舎家の東隣りに美しい娘がい、それを見そめてなんとか買いとり、妾にしたいと考えながら、金がなくて望みのかなわぬことがあったのです。しかし、いまなら心のままにすることができると、気のきいた数名の下僕をその家にやって、むりに金を受け取らせたのです。間もなく、娘は籐の輿に乗って担がれて来ましたが、若いころ遠目に見たときよりも、はるかに艶やかになっています。王子安はとろける気持ちでこれでもう本望だと思ったのであります。

　こうして、いつとなく年月を過ごすうち、朝廷の人たちの中には、ひそかに王子安を非難する気配を見せはじめました。それが感じられぬでもありませんでしたが、みな飼いならされた儀仗馬のように、あえて口にする者もありませんでしたし、王子安もまた慢心して高ぶっていたので、気にもとめずにいたのです。ところが、竜図閣(りょうとかく)の学士の包極(ほうじょう)が上奏して、王子安を弾劾したというのです。むろん、そのいかなるものかを確かめるすべはありませんでしたが、宦官の告げるところによるといちいち思いあたることがあり、王子安もぞっとして氷を呑まされたような気がせずにはいられませんでした。幸い、天子はとりたてられず、弾劾の上奏文を手もとに置かれたまま発表に至りませんでしたが、各部の監察官や大官がいっせいに弾劾奏上したばかりではありません。諫議に推したことから栄達のいとぐちを摑んだあの王子良まで弾劾に加わっている始末で、王子安の家に出入りして門人と称し、仮父と言っていた者まで顔をそむけるようになってしまったのです。

　山西省の知事になっていた息子に役人が差し回され、訊問されているという噂を聞くや聞かぬに、王子安は天子によって家財を没収し、雲南省に流罪する旨を仰せ出だされました。その命に人心地もなく恐懼（きょうく）していると、剣を帯び戈（ほこ）をとった武人がずかずかと踏み込んで来て、王子安は冠を奪われ官服をはがされ、妻とともに縛り上げられ、夫役によって財物は運び出されてしまったのです。金、銀、鈔（さつ）が数百万両。真珠、翡翠、玉、瑪瑙が数百石。帳、幕、簾、榻（とばり）が数千点。階（きざはし）から庭へと投げ出されるのを見ていると、あの美しい妾まで曳きずりだされて来るのです。髪を振り乱して泣き叫び、玉にもたぐえん姿であられもなく思い乱れている。王子安は悲しみに胸を焼かれる思いになりながらも、どうしようもありません。

楼閣倉庫ことごとく封印され、監視の役人は縄をとって取り囲み、妻ともども王子安を流罪の旅へとひっ立てようとするのです。駄馬でもぼろ馬車でもかまわない、なんとか乗り物を与えてもらいたいと嘆願しましたが、それもきき入れようとはしないのです。思えばあれから二十年、占い師が二十年の太平の宰相になれると言ったのは、裏を返せばこのことだったのか。はじめてそう思い知ったのであります。妻もすでにとしをとり、十里と行かぬ前によろめいて倒れそうになるので、ときに手をかして引いてやらねばなりません。そのために、王子安もたちまち弱り果ててしまったのです。

都も次第に遠くなり、川を渡り野を越えて行くうちに、彼方にあった山も迫って来ました。しかも、その頂は雲に隠れているのです。これでは越すこともなるまいと、王子安はもはや涙も出ない思いでいましたが、監視の役人は休むことも許しません。やがて雲は夕焼けて、あたりには薄闇が迫って来るのに、泊まる宿すらない有様。せんかたもなく、監視の役人の怒鳴るにまかせ、樹の下の険しい道をよろめき登って行くうちに、妻は力もつき果てて路傍に坐り込む。王子安もまた歩む力を失って呆然としていると、突然、騒がしい声が近づいて、手に手に鋭い刃物を持った山賊たちが襲って来ました。監視の役人たちは驚いて逃げうせ、妻とともに残された王子安は平伏して、

「雲南へ流罪されるもの。ご覧のとおり、金目のものはなにひとつない。どうか見逃がしてもらいたい」

と、哀願すると山賊たちは、

「おれたちはみな罪なくして、貴様に苦しめられた冤民だ。ただ、お前の首をもらえばいい。ほかに取りたいものなぞない」

と、言うのであります。

「冤民？　おれは罪を受けた身とは言いながら、お前たちごときを見知る身分ではなかった」

「そうか。おれたちに見覚えはないというのか」

そういう声とともに、闇の中からあの罷免された太僕官の郭の顔が見えて来たばかりでありません。そこには行列の車に触れて杖刑にあって死んだはずの酔いどれまでい、だれかが大声を上げて大斧を振りかぶったと思うと、王子安の首を切り落としました。王子安は自分の首が

地面に落ちて音を立てたような気がし、はっとしてわれにかえりましたが、妻がはいって来、

「なにをそんなに喚いてるのかい」

と、言うのであります。

「いや、山賊どもがおれの権勢を憎んで襲って来たからさ」

「なにが権勢さ。どうしてそんなに酔っ払ったんだね」

「酔ってなんかいるものか」

「だって、家にはこの婆さんが、昼にはあんたのために煮たきをする。夜にはあんたのために足を温める。それが権勢だなんて、とぼけるにもほどがあるよ」

言われてみれば、妻ももうもとの若い妻ではない。

「お前はいつそんなにとしをとったんだい」

思わずそう訊くと、妻は馬鹿げたことをと言わんばかりに、

「そりゃァ、自分を見ればわかるだろう」

「おれを……」

「飲んで酔うのも仕方がないけど、なにかものでも落とされたらと思ってね。なんだか、そんな音がしたような気がしたんだけど……」

「音がしたような？」

王子安は自分の首の落ちた音を聞いたのを思いだし、首に手をやりましたが、妻は心持ち背をこごめて出て行きながら、

「首ならいいけど、壺を落として壊されたんじゃと思ったんだよ」

むろん、こうして王子安は二十年の太平の宰相が夢にすぎなかったことを知り、むしろ夢にすぎなかったことに安堵したでありましょう。しかし、夢でありながらなおそこに二十年余の歳月がたっていたのを、わたしは恐れずにはいられないのです。すなわち、王子安は二十年の太平の宰相の夢をみつづけながら、いたずらに歳月を過ごしていたので、わたしもまたなにものかを夢みて空しい歳月を過ごし、いたずらに老いないとは言えないのではあるまいか。

この人もまた

果たして、わたしは郷試に不覚をとったばかりでありません。来る郷試も来る郷試も不覚をとり、わたしとともに生員をかち得ることができず、驥尾に付すつもりだと言ってわたしの手を握ってくれた友人が生員になり、かえって郷試に合格して会試、殿試に挑むべく都へと旅立つことになりました。

「しっかりやってくれ給え。こんどはぼくがきみの驥尾に付すつもりだ」

わたしがそう言うと、友人は感謝して涙を浮かべ、

「きみははやくから学政施国章先生の認めるところとなり、弱冠十九歳しかも首席で生員をかち得てから郢中詩社をつくり、すでに士人の讃うるところとなっている。きみに比べればぼくのごときは俗物中の俗物に過ぎない。しかし、そうした俗物だからこそ八股文などに専念できたのだ。きみもしばらく詩文を捨てて、俗物になってもらえないだろうか」

わたしもその友情に胸のつまる思いをしながら、

「有り難う。それで都ではどこに宿するつもりなんだ」

「報国寺という大きな寺があるそうだ。そこには部屋が沢山あって、われわれのような者も泊めてくれるというのでね」

「報国寺？」

といえば、たしか話に聞いた平陽の王子平が宿したところで、わたしは友人のためにほのか

な危懼を感じないではいられませんでした。王子平が俗物でなかったように、友人もまた決して俗物ではなかったからです。

王子平が報国寺に間借りしたとき隣室にはすでに他の生員が間借りしていたので、刺を通じて礼を尽くしました。しかし、答礼にも来ぬばかりか出会っても眼中になきがごとくで、いささか腹にすえかねていたのです。ある日、ふと気がつくと多くの参詣者に混って寺に見物に来ている青年がいる。帽子も服も裙も白一色でひときわ目立ち、いかにも感じがいいので近寄って声を掛けると、言うことがまたすがすがしいのです。いつ知らず親愛の情を覚えて下僕に席をつくらせ、向かいあって談笑していると隣室の生員が通りかかりました。ふたりは立ち上がって座を譲りましたが、隣室の生員は礼をとって相譲ろうとする気配もみせず、上席に坐って白衣の青年を顧み、

「きみも試験を受けに来たのかね」

傲然として言うと白衣の青年は笑って、

「いや、そんな才はありませんから、とっくに諦めました」

「ふん。きみはどこのなんという者だい」

「登州の宋という者です」

「登州といえば山東か。まァ、諦めてよかったよ。山東山西には文盲が多いからな」

「とおっしゃるところをみると南の方ですね」

「うん。余杭は浙江だからな」

と、答えて名のろうともしませんでしたが、

「なるほど、北の者には文盲が多いが、このわたしがそうとは限らない。南の人には文盲は少ないが、きみがそうでないとは限らないでしょう」

にこやかに白衣の宋は言うのです。平陽もまた浙江、余杭とはおなじ南の者ながら、王子平は手を打って笑わずにいられなくなりました。余杭の生員はむっとして、

「じゃァ、この場で題をきめ、おれと文章が競えるかね」

「できないこともないでしょう」

余杭の生員は部屋に戻り、やがて『論語』を持って来て王子平に渡しました。王子平は手まかせに開いて中の一句を指さし、

「『闕党の童子、命を将う』」

と言うと、余杭の生員はふたたび立って、筆や紙を求めようとするのです。これは闕村から来た子供がいかにも学ありげに人々を接待しているが、ただ大人の真似をしているだけだといった孔子の言葉で、期せずして余杭の生員を揶揄することになりました。白衣の宋は、

「立つまでもありませんよ。『賓客往来の地に、一として知るところなき人を見る』じゃどう

ですか」

　そう言って追い打ちをかけので、王子平も腹を抱えて笑わずにはいられなくなりました。余杭の生員は怒って、

「ろくな文章もできないのに、侮（あなど）って人を罵ろうとするのか」

　おのれのことは棚に上げてそう喚くと、それなり席を立ってしまったのです。このことあってから王子平はますます白衣の宋を重んじ、部屋に招じ入れ文章百首あまりを差し出して意見を求めました。白衣の宋は驚くほどの速さで眼を通し、

「ただ合格したい一心のものだとまでは言わないが、まだそれが吹っ切れていない。それでは卑しくなってもしかたがないな」

と、いちいちその理を説きあかしてくれるのです。王子平は喜んで師と仰ぎ、料理人に砂糖をあしらった水餃子（みずぎょうざ）をつくらせると、白衣の宋は食べおわって言うのです。

「うまいね。いつかまた食べさせてくれたまえ」

　それから、白衣の宋は四、五日おきにやって来て、水餃子の馳走になりながら王子平と楽しげに語らって行くようになったのであります。余杭の生員もさすがに白衣の宋を見くだすような態度はあらわにしなくなり、ある日のごときはみずから文章を持って来たりしたものの、そこにはだれかれが讃えてつけたまるじるしがびっしり並んでいて、これ見よがしなところがあ

るのです。白衣の宋はさっと眼を走らせたなり、それらを卓上に押しやってなにも言わないので、そんなに速く読めるはずがないと思ったのでしょう。余杭の生員がよく見てくれと促すと、白衣の宋は、

「もう見てしまったが、なんともまずい」

「まるじるしを見ただけで、どうしてそんなことが言えるんだ」

余杭の生員がそう言うと、白衣の宋はことごとく諳んじていてけなすのです。余杭の生員は額に汗をにじませ、ものも言わずに出て行きましたが、白衣の宋が帰ると待ってたとばかりに戻って来、王子平が拒むのもかまわずその文章を見、そこにつけられたまるじるしを指さして聞こえよがしに大笑し、

「このまるじるしはどうだ。水餃子より大きいじゃないか」

ただささえ、王子平は口べたで赤くなるばかりでしたが、あくる日白衣の宋が来たのでその話をすると、

「『南人また反せず』と思っていたが、目にものみせてやるかな」

笑いながらそう言って、出て行こうとするのです。むかし、孟獲は孔明と戦って七度擒えられ、かつ七度放たれてついに反するの心を失った。南人また反せずとはこの意に出たものですが、王子平になだめられて、白衣の宋も思いとどまったようです。

やがて試験がすみ、王子平が白衣の宋にその文章を見せました。白衣の宋は大いに称讃してくれたのですが、たまたま仏堂を歩いていると、盲目の僧が回廊に坐って薬を売っています。

「そうだ、あの人に見てもらうがいい」

白衣の宋に言われて王子平がとりに戻ると、よせばいいのに余杭の生員もついて来ました。盲目の僧は喜び迎えて病状などを訊くので、王子平が重ねて文章の教えを乞うと、

「だれが喋ったのだ。しかし、目がなくても文盲というわけじゃない。焚してみい、鼻でかぎわけて進ぜよう」

王子平が言葉にしたがって文章を焚し、

「これで合格できるでしょうか」

「合格はし得るものだな。まだ真に迫るところまでは行かないが、なんとか大家を学び得たようだ」

余杭の生員は信じかねる様子で見ていましたが、こころみに古の大家の文章を焚すと盲目の僧は、

「うむ、絶妙だ。古の大家でなければ、とてもこうは行かん」

そこで、余杭の生員はあれは朋友の作だと言いつくろい、はじめて自分の文章を焚すと盲目の僧は手を振って、

「もう燻(くすべ)ないでくれ。とても嗅ぎわけてはおれん」

と、咳きこむので余杭の生員は恥じ入って帰って行きましたが、数日して会試の発表を見ると驚いたことに王子平は落ち、余杭の生員は合格していたのです。

「どだい、あんな糞坊主の言うことを信じるのがおかしいよ」

呵々大笑する余杭の生員の声が隣室から聞こえましたが、いつの間にか引き移っていなくなってしまったようです。白衣の宋は王子平を慰めて、

「あの盲目の僧は文章をあげつらったので、運をあげつらったのではない。それに、ほんとを言うときみの文章も試験向きにできていたわけではない。心を励まして大いに学べば運もつこうというものだ」

幸い、翌年も会試が行われるというので、王子平はそのまま止まって白衣の宋の教えを受けることにしました。

「都はもの入りがひどいが、心配したもうな。この寺の裏の塚に金が埋まっているからね」

白衣の宋はそう言って場所まで教えてくれたのであります。しかし、王子平は辞退して、

「これでもなんとか暮らしては行けるのです。われから汚(よご)すことはしますまい」

と言いましたが、ある日酔って寝ているとなにか土を掘るらしい音がする。そっと出てみると、教えられた場所に下僕と料理人がすでにカネを山と積み上げているのです。こっそりつけ

て来て知ったのでしょう。事あらわれ震えて平伏するふたりを叱りながら、ふと見ると金の爵があって、祖父の名が刻まれているのです。そういえば、祖父は相当の官職を得て都に来ていたと聞いていました。量ってみるとカネは八百両もあります。王子平はあくる日白衣の宋にあい、爵を見せて等分しようとしましたが、固辞して受け取ろうとしないのです。また、百両をたずさえて盲目の僧に送ろうとしましたが、これももう回廊にはいないのです。

爾後、王子平は読書に打ち込み、ふたたび会試の日が来ました。白衣の宋は勇気づけて、

「こんど遅れをとったら、まさに運だな」

と、言ってくれましたが、王子平は規則に触れて、たちまち退場させられてしまったのです。白衣の宋はこらえ切れぬように声を上げて哭き、かえって王子平のほうがなだめねばならぬ仕儀になりました。

「いや、わたしは神に見はなされ、不幸な生涯を送った。それに、また良友に累を及ぼすとはなんということだ」

「すべてはさだめというものです。しかし、宋さんは官途に志をお持ちでないんだから、わたしなどとはおのずから異るというものです」

「そうじゃない。じつは、わたしはさすらっている魂なのだ」

「さすらっている魂……」

王子平はいつも宋が白衣を着ているのを、ただだれかの喪に服しているとしか思っていなかったのです。

「弱年にして才子の名をほしいままにしながら試験にはいれず、都に出、知己を得て著作を伝えたいと思いつつも、甲申の兵難にあって死んでしまったのです」

「甲申の兵難というと、あの李自成が清朝から北京を追われたときのことですね。わたしの祖父を知っていられるのもあるいは……」

と、王子平は問い返しましたが、白衣の宋はそれに答えず、

「来る年も来る月も、流離漂泊していましたが、幸いこうして仲良しになれたので、親しい友の名を借りて思いを晴らしたかったのです。しかし、文章にかかわる災いはかくのごとしです。だいたい、ぼくには文章に関してひとを卑しめる癖がありますからね」

「とすると、余杭の生員にはどんな徳があったのでしょう」

「さァ、それはわからない。あの盲目の僧にしても幽鬼ですよ。わたしたちは文学を尊ぶ国柄で、どこの街にも『敬惜字紙』と貼り紙された箱が置いてある。もともと、明朝の名家だったにもかかわらず、紙を粗末にしたというのであんなになり、つぐないをしようとしていたのです。しかし、さきごろ上帝から命が出て、兵難で死んだ幽鬼を精査させ、転生させる者のほかは、あらためて選んで官途につかせることになったのです。わたしにとって駿馬昇天の快挙に

なるかも知れませんよ。そうなったら、王さんに文運転倒の憂き目など見させません」

「では、もうお別れですね。せめて酒肴の用意なりとさせて下さい」

「じゃァ、もう一度水餃子でもこしらえさせてもらいますか」

王子平は悲嘆にくれて箸をとろうともしませんでしたが、白衣の宋はさもうまそうに食べて満足げに、

「これで思い残すことはありません。これまでいただいた分はみな塚の傍の土の中にあって、茸が生えています。とっておいて薬にすれば、お子さんを伶悧にすることができるでしょう」

と、言うのです。

「では、どうしたらまたお会いできるでしょう」

「九天は遠く高いですからね。ただ、身を清くしていれば、おのずとわたしにわかるのですよ」

そう言うと、白衣の宋は見えなくなってしまいました。塚の傍に行くと果たして紫の茸が生えているのです。

王子平はそのまま残って勉学に励み、ついに会試に合格しました。これも駿馬昇天の挙によって、文運転倒の憂き目をみずにすんだのだ。そう思っていましたが、ある夜、夢に宋が天蓋をさしかけた輿に乗って来て言うのであります。

「きみは前世のささいな過ちから福運を削られていたが、清い行いのお蔭でもう罪を取り消されている。しかし、官職につくだけの福運はないよ」

王子平はむしろその言葉を徳として殿試に挑むことをやめ、進士たるの誉れを放棄して役につこうともしませんでした。幸い、美しい妻との間にふたりの男子を恵まれましたが、そのひとりが頗る愚かなのです。しかし、ふと思いだしてれいの茸を食べさせたところ果たして怜悧な子になり、いまさらのように白衣の宋が今日このことあるのを見通していたのに驚いたのであります。驚いたといえば、その後所用で南京に赴いたとき、はからずも宿先であの余杭の生員に行きあいました。どんなに栄達倨傲の振る舞いに及んでいるのかと思っていたのですが、あれから文運転倒のなくなったためかどうか、近寄って来てみょうにおどおどとして久濶を叙したというのです。ところで、わたしの友人も二度の落第にも屈せず、勉学して会試に合格しながら殿試に挑むことをやめ、都にとどまって市井の人になったと聞きました。おそらく、友人も王子平のごとく、おのれの命運を悟らされるようなひとに出会ったのかもしれないが、いまだに郷試に汲々としているわたしには、都への道は遠く定かではありません。ちょうど、余杭の生員がなぜ落魄して南京にいたのか知る由もないように。

石を愛して

都といえば想いだされるのは刑雲飛のことであります。その石を愛するや甚しく、これと思うと値を惜しまず買い集めていました。あるとき、柳楊糸を垂れる郊外の河畔に漁りに行き網を打ちましたが、なにがかかったのか曳いても上がらない。やむなく河にはいって取り上げてみると、径一尺ほどの石で多くの空洞があり、あたかも峰々が重なりあっているようにみえるのです。刑雲飛は喜んで家に持ち帰り、紫檀を刻った台座をつくって客間の机上に供えました。これが風雨のまさに来たらんとするときには、あらかじめそれを知らせるかのように、空洞のなかから雲が湧き起こり、えも言われぬ景観を呈するのです。

わが姓名もまた刑雲飛、ひとごとならず思われてひたすらこれを愛し、もはや蒐集した凡百の石も眼中になきがごとくになりましたが、権勢をほこる某なる者が力強げな下男を連れて来て、その石を見せてくれと言うのです。感ずるところがあって躊躇はしたものの、断わりもならず客間に通すと、果たして某はそれを見るとみせかけ、いきなり持ち上げて下男に渡し、自分も走り出て馬に鞭打ち逃げ去ってしまったのです。刑雲飛は地だんだ踏んで悲しみ、かつ憤ったもののほどこすすべもありません。

下男は石を背負ってれいの河べりまで来ましたが、意外に重く橋の手すりに乗せて肩を休めようとすると、石はそのまま滑って河の中に落ちてしまったのです。それを聞いた某は怒って、戻って来た下男を鞭打ち、ただちに馬で引っ返して水練の者にカネをやり、河にくぐらせて探させました。しかし、ついに見つけることができません。やむなく、石を探しあてた者には賞金を与える旨の貼り紙をして引きあげたので、河は日々石を探す者で満ちあふれましたが、それらしいものはなくいつか人影も減って来たのです。

諦めようにも諦めきれなかったのでしょう、忘れたようにだれも集まらなくなったころ、刑雲飛はひとり橋に立って悲しんでいましたが、ふと気がつくと河が澄んでいてあの石のあるのが見えるのです。喜びに堪えず小踊りして服を脱ぎ、河にはいって抱えて上がると紫檀の台座までもとのようについています。

刑雲飛は家に持ち帰り、人眼を恐れて石はもう客間には置かず、奥の部屋を清めてそこに隠して置くことにしました。ところがある日、老人が訪ねて来て石を見たいと言うのであります。刑雲飛は驚いて、

「石は某に盗られて、なくなってしまいましたよ」

と、偽ると老人は笑いながら、

「客間にあるじゃありませんか」

と、言うのです。刑雲飛は思わずほっとして、

「客間にですか。じゃァ、おはいりになってご覧になって下さい」

ほほ笑みながら客間に通しましたが、奥の部屋に隠してあったはずの石がちゃんと机上にあ

るのです。口もきけずに立ちすくんでいると老人は石を撫で撫で、

「これはもともとわたしの石です。こうして見つけたからには、返してもらいましょうか」

刑雲飛はなんとも言えぬ当惑の色を面（おもて）に現わして、

「しかし、これは河から拾ったので、いわば天から与えられたものです」

「それじゃ、あなたのものとして、どんなあかしがあるんですか」

「あかしですか。拾った石にあかしなどありようがないじゃありませんか」

刑雲飛はグッとつまって、答えようもなくなりましたが、老人は、

「それがあかしがあるんです。この石には九十二の空洞があって、いちばん大きな空洞には『清虚天石供』という五字がある……」

調べてみると、果たして九十二の空洞があるばかりではありません。もっとも大きな空洞には粟粒よりも小さな文字ながら、たしかに「清虚天石供」と刻られています。刑雲飛はなにも言えず、ただただ石を抱いて放そうともしないのです。

「………」

「さァ、いったい誰のものかね。まあ、あなたのものとして置こう」

老人はそう言って笑い拱手して出て行きました。刑雲飛があわてて門の外まで送って出て、客間に引っ返すと石がありません。気も空（そら）に老人を追っかけましたが、老人はまだいくらも行

かず、ゆうゆうと街を歩いています。追いすがって袂をつかんで泣きつくと老人は、

「おかしなことを言うもんだね。一尺もあろうという石を、どうして手にとって袂に入れることができるだろう」

刑雲飛は老人がただびとでないのを悟って、たって家に戻ってもらい跪いて頼むと老人は笑いながら、

「石はあなたのものかね。それとも、わたしのものかね」

「あなたのものです。ただ、割愛していただきたいのです」

刑雲飛がそう言うと老人は頷いて、

「そうとわかれば、石はあなたが隠して置いたところにありますよ」

刑雲飛は奥の部屋に行ってみましたが、果たして石はもとのとおりにあるのであります。喜びのあまり老人を見てふたたび跪くと老人は言うのです。

「天下の宝はそれを愛する人に与えらるべきものだ。この石もいい持ち主をみつけたものだが、どうも世に出ることを急ぐ。それでよくないことが起こるんだよ。わたしが一応持って行って、三年後にあなたに贈ろうと思ったんだが、どうしても止めて置こうと言うんだから、あなたの寿命を三年へらして、あなたと終始をともにさせよう。それでもいいのかね」

「結構でございます。そうさせていただければ、なにごとも厭いません」

刑雲飛がそう答えると、老人は二つの指で空洞を三つ、ひとつひとつとまるで粘土ででもあるようにひねりつぶして、

「石にある空洞があなたの寿命の数だったのだ」

と、言って引きとめるのもきかず、名もあかさずに行ってしまったのです。

それから一年あまりたったときのこと、刑雲飛は所用があって外出しましたが、帰ってみるとだれに盗まれたのか石がない。死なんばかりに悲しんで、八方手をつくして探させてみたものの、手がかりがまったくないのです。ところが、幾年かたってなに気なくれいの報国寺に立ち寄ると、その回廊で石を売っている者がありました。近よって見れば多くの石の中にあの石があるのです。

刑雲飛がこれは自分のものだと言って争いましたが、むろん石売りは承知しようはずもありません。やむなく役所に訴え出ると、役人はなにかあかしがあるかと言うのであります。石売りはここぞとばかり、

「この石には八十九の空洞があります」

と、申し立てました。そこで、刑雲飛は、

「まさにそのとおり。しかし、それはお前がまさかのときにあかしを立てねばならぬと思って数えて置いたまでのことで、ほんとうは九十二の空洞があり、その三つはひねりつぶされたの

でその指のあとがある。いや、そればかりではない。いちばん大きな空洞には五つの文字が刻ってあるが、なんとあるかね」

石売りはもう答えることができません。刑雲飛の言い分が通され、役人は石売りを杖打ちで罰しようとしましたが、石売りは盗品とは知っていたものの、自分は市で二十金で買ったのだと哀願し、杖打ちは免かれることになりました。むろん、刑雲飛も石さえ戻ればそれでいいので、あえて石売りを罰するのは本意ではなかったのです。

刑雲飛は石を持って帰ると、ふたたびこんな目にあうのを恐れて、こんどは錦の布に包んで櫃(ひつ)の中にしまい、ひと知れず眺めて楽しみ、あるいは雲の湧き出るのを興したりしました。しかし、そのときはまず珍香を焚いて取りだすというふうだったので、かえって噂が立ったのでしょう。尚書の某がこの石を、百金で買いたいと言って来たのです。しかし、この石は万金にも代えがたいものだと、頑として応じなかったので、尚書の某がある事件にかこつけて中傷したので刑雲飛は獄に入れられ、田地を質に入れて身代金(みのしろきん)をつくらなければならなくなったのです。

そこで、尚書の某は人を介して、それとなく息子に石を売るようにほのめかさせたのです。息子はそれを刑雲飛に話しましたが、刑雲飛は石のためなら死んでもよいと言ってきこうとはしないのです。しかし、妻は息子と語りあい後難を恐れて尚書の某に石を献じることにしました。

刑雲飛は獄を出てそれを知り、妻を怒り息子を罵りましたが、おさまりようもありません。絶望のあまりたびたび縊(くび)れて死のうとはしたものの、その都度家人にみつけられ、死ぬこともできずにいたのです。するとある夜、夢にひとりの高雅な人物が現われ、石清虚と名のって言うのです。

「悲しむことはありませんよ。あなたとはただ一年あまり別れるだけのことです。来年の八月二十日、朝はやく報国寺に行ってごらんなさい。石は二貫で買いもどせますよ」

すなわち、石清虚なるものが石であったことを知ったのであります。刑雲飛は大いに喜んで月日を記し、その日を待ちかねるようにして、早くから報国寺に出かけると、果たして回廊に石売りがいて、あの石が売りにだされていました。それというのも、石は刑雲飛の手を離れてからはなんの不思議も現わさない。尚書の某はしぜんこれを疎んじるようになり、あくるとし罪を得て職を削られて死んだので、家人が盗みだして売りにだしていたのであります。

刑雲飛はさっそく二貫の銭を出して買い求めましたが、石は風雨の来ようとするとき雲を湧かすこと、まったくもとと変わるところがありません。しかも、これが石清虚――夢に見た高雅なひとだと思うと、もはやただの不思議を現わす石というだけではない。この世ならぬ知己のごとき親しみを覚えるのであります。刑雲飛は八十九になるとみずから葬具を整え、息子に命じて必ず石をともに埋めるよう言いつけました。あの老人が洞穴が寿命の数だと言ったのを深く信じたからであります。そのようにして、刑雲飛は従容として死につき、息子はその命にしたがって、石とともに墓に埋めたのです。

ところが、半年ほどたつと墓があばかれ、石がまた奪われてしまいました。息子はそれを知って捜索しましたが、手がかりがありません。やむなくあきらめていると、ある日、息子が下男とともに道を歩いているとき、二人の男がつまずきながら、汗みどろでころげるように駆けて来て大地にひれ伏し、

「刑先生、刑先生！ どうかそんなに追いつめないで下さい。われわれはべつに先生を、どうしようなどとは思わなかったのですから」

「そうです。ただ、われわれは石を持って行き、宮(きゅう)さんに銀四両で売っただけなんです」

まるで、二人の男を追って来てそこに刑雲飛がいでもするようにこもごも哀願するのです。息子は下男とともにとり押え役所につき出しましたが、二人の男は一度の取り調べで、てもなく罪に服してしまったのです。取り調べの役人はすぐさま宮に石を持って来させましたが、ひとめ見るなり惚れ込んでひそかに手に入れたいと思い、下役に命じてそれなり庫に入れさせました。しかし、下役が石を持ち上げるか上げぬに石はたちまち手から落ち、砕けて数十のかけらになってしまったのです。いあわせた者はみな愕然として、色を失わぬものはありませんで

した。

役人は腹いせもあったのでしょう、墓をあばいた二人の男に、重い枷を加えて放免することにしました。刑雲飛の息子は砕けた石を拾って役所を出、もとのようにあばかれた墓の中に埋めました。その後はなに事もありませんでしたが、ときに父の刑雲飛が石清虚らしい高雅な人物といずこでか清遊しているのが、息子の夢に現われたということであります。もっとも、ただそうして夢に現われるだけで語りかけようとはせず、果たしてあの老人がなにものであったか、ついに知るべくもありませんでした。

幻なりや

この報国寺は大きな本堂や庫裡を持ち、詣でる人も多く、つねに門前市をなしているばかりか、回廊などには物売りたちがひしめいているのです。

殊に、本堂には梁代の高僧とされている宝誌和尚の坐像が安置され、西の壁には革の長靴をはき、金の鎧を着、その厳めしい顔は黒々として漆を塗ったかと思われる武人たちが鎖をわがね、槌を持って立っている姿が描かれている。おそらく、冥府の役人たちなのでしょう。彼方は冥々として暗く定かならぬだけに、なにか空恐ろしいところから現われ出てぬっくとそこに立ち、こちらをじっと見据えているようであります。

かと思うと、東の壁には散花天女の図とでもいいましょうか、遙かにご殿や高楼の立ち並んだこの世ならぬ美しい街が見え、これまたそこから抜けだして来たように、いずれも髷を高々と結いあげたえも言われぬ豊麗な美女たちが描かれていますが、中にひとり若い小間使いを連れたお下げの少女がい、花をもてあそんでほほ笑んでいる。桜のような唇はいまにも動きだしそうで、羞じらいげにちらとこちらを見るその目からは、秋波が流れて来るかにみえるのです。本堂を訪れてこれらの絵を見、西の壁の武人たちに怖気をふるって目をそむけ、東の壁の女たちの美しさに足をとどめぬ者はありませんでした。

江西の朱孝廉はおなじ省の孟竜潭とつれ立って都に旅し、報国寺に詣でて本堂にはいり、この花をもてあそんでいるお下げの少女を見入っていましたが、いつかその秋波に身も心も奪われてしまいました。いつとなくうっとりとなり、なにかこう雲にでも乗ったように浮き上がり、どうやら壁の中にでもはいってしまったような心地です。気づいてみればご殿や高楼が立ち並んで、まさに絵にあったあの遙かな街にいるのであります。たまたま賑わった立派な寺があり、みながしきりにはいって行くようなので、朱孝廉もついて本堂に上がると多くの人々が片肌を脱いで聴聞しています。

「この世はあの世の仮相、あの世はこの世の仮相。あると見るものはみなみずからがつくり出す幻にすぎない」

そんな声がすると思うと、人々の向こうで座についた老僧が説法している。それがなんだか覚えがあり、どうやら報国寺で見た宝誌和尚のようです。すると、自分はすでにこの世を離れ梁代のいにしえに来てしまったのかもしれない。そんな想いがふとかすめましたが、そっと来て朱孝廉の袖を引くものがあります。

振り返ると花をもてあそんでいたお下げの少女で、にこりとして秋波を送り、そのまま行こうとするのです。朱孝廉は気もおろおろで、とどまろうにも足のほうがついて行くのです。いつとなくまたご殿や高楼の立ち並んだ街になり、お下げの少女はにこやかな笑顔を見せながら、振り向き振り向きそうしたご殿のひとつにはいると、手で勾欄(てすり)を撫でながらとある部屋にはいりました。そこまでついては来たものの、さすがにはいりかねてもじもじしていましたが、お下げの少女は振り返って花を上げ遙かにさし招くのです。

つい引かれてはいってみると、なかは美しく飾られ榻もしつらえられていて、人の気配もありません。お下げの少女は羞じらいげに花で顔をおおうとはしているものの、朱孝廉が手を出してもあえて拒もうともしないので、腰を抱いて榻に運びとうとうねんごろになってしまいました。お下げの少女は朝になると、

「小間使いに身のまわりのお世話をするように言いつけておくわ。声なんか出さないようにして、夜を待ってて」

そう言って出て行くのです。やがて、若い小間使いが食事を運んで来ましたが、卓を整えながらクスクスと笑うのです。

「なにがそんなにおかしいのかい」

てっきり、ゆうべのことだな。朱孝廉がそう思いながら訊くと、そうはそうに違いないが、

「でも、あなたさまがお嬢さまをご覧になっていたときのお顔が、思いだされてなりませんの」

と、若い小間使いはなおもおかしさを押え切れない面持ちなのです。そういえば、これもお下げの少女の傍に描かれていた若い小間使いのようです。心地よい日を過ごして夜になると、果たしてお下げの少女がこっそりとやって来て歓びをかさねましたが、なにかで知られてしまったのでしょう。二日目の夜、あの絵に描かれていたとおなじ美女たちがお下げの少女を連れ

てはいって来ました。朱孝廉はあわてて帳の陰に身を隠しましたが、それもとっくに呑み込んでるというふうで、チラチラこちらに目をやって笑いながら、扇でお腹がふくれたような真似をしてみせ、

「ほら、あやさんがこんなに大きくなってるじゃないの。それなのにまだ少女みたいにお下げなんかしてるの、おかしいわ」

美女たちのひとりがそう言ってからかうと、

「そうよ、そうよ」

と、みなしてお下げの少女の髪を解かし、隠し持った簪や珥をつけさせ、せき立てながら高々と髷を結いあげてやりました。髷を結われて女になった少女はぽうっと頬を染めて、きまり悪げにうつ向いていましたが、扇でからかった美女が、

「このぐらいにしときましょうよ。あんまり長居をすると、だれかさんのご迷惑になるかもしれませんからね」

そう言って、チラとまたこちらの帳を眺めるのです。朱孝廉はひとり赤くなっていましたが、みなはどッと笑って行ってしまいました。

それにしても、髪を解かして高々と結いあげられた髷からは鳳凰の簪が低く垂れている。初しいお下げ姿もさることながら、女になりきったあでやかさはまた格別です。朱孝廉はみな

が去ったのを見すまし、忍び出て女を抱き榻に置いてたわむれましたが、蘭麝(らんじゃ)の香りに心もときめくばかりであります。

「名はなんていうの。つい、まだ訊いてなかったけど」

「紅華(こうか)っていうの」

楽しみまさにたけなわならんとするとき、いくつかの革の長靴の音がコッコッと聞こえ、鎖ががらがらと鳴ると思っていると、がやがや声がするのです。紅華は驚いてはね起き、朱も気もおろおろに紅華のあとに従って外をうかがいました。これまた絵にあった冥府の役人らしい顔、黒々と漆を塗ったようなあの武人たちが金の鎧を着、鎖をわがね、槌を持って目近な勾欄のところに立っていて、さきほどの美女たちがそれを環(わ)なりに取り巻いているのです。

「もうみんな揃ったか」

武人たちのひとりがじろりと見まわしながらそう言うと、美女たちはにこやかに、

「揃ってるわ、みんな」

「外界の者を隠しているような者があったらすぐ申し出るんだ」

「そんな者いないわ」

「そうか。それならいいが、あとから後悔してもはじまらないぞ」

「後悔することなんかないわ」

美女たちは口々にそう言って互いに笑いあうのです。髷を結い上げたりしたので噂になったのかもしれません。武人たちはそれでもまだ疑っているらしくこちらを振り返る、その眼がまるで鷹のようです。紅華は恐れて顔色もなくなり、

「早く榻の下に隠れて！」

と、言い残して壁にあった小さな扉を開けて行ってしまいました。朱孝廉は榻の下に隠れて息を殺していましたが、果たしてこんどは革の長靴の音が部屋の中にはいって来、そこらを探しまわっている様子。しかし、どうやら引っ返して行くらしく、武人たちのがやがやという声が部屋の外に聞こえるようになりました。ほっとはしたものの、それでもまだ立ち去ったというのではなく、勾欄のあたりを行ったり来たりしています。朱孝廉はおののいて、ひたすら小さくなっていましたが、このとき、

「朱孝廉はどこに行ったんですかね。ええ、わたしと一緒に来た友人です。たしか、この絵を見てたと思ったんですがね」

と、連れの孟竜潭の言うのが聞こえるのです。

「説法でも聞きに行ったんじゃろう」

どこのだれともわからないが、笑ってそう答えているようです。

「説法ってどこへですか」

「なあに、すぐそこだ。それにしても、いいかげんで戻るがよい。連れが待っておる」

と、言う声が聞こえたと思うと、雷の轟くような音がして来ました。朱孝廉はわれを忘れて榻の下からはいだし逃れ出ようとすると、

「朱孝廉、いないと思ったら急に現われて、どこに行こうとするんだね」

笑って連れの孟竜潭が肩に手をかけるのです。朱孝廉がわれに帰るとそこはもう本堂で、西の壁には金の鎧を着、鎖をわがね、槌を持つ黒々と漆を塗ったような顔の冥府の役人らしい武人たちが生けるがごとく描かれています。いや、描かれているのではない。朱孝廉にはまさにそれがそのまま生きているかに思われて、身震いを感じながら、

「どこに行こうもなにもない。なんだかおれを呼ぶ声がしたと思ったら、雷の轟くような音がして来たんだ。恐さも忘れて飛び出したんだよ」

朱孝廉がそう言うと孟竜潭は笑って、

「雷の轟くような音だって？　なにを言ってるんだね。ご坊はきみを呼んで、指で軽くこの壁を叩かれただけだよ」

「指で軽く叩いただけ？　それでご坊はどこにいられる」

と、朱孝廉は問い返しましたが、それらしい者はいず、多くの参詣人の中に宝誌和尚の坐像が安置されているばかりです。そういえば、自分を呼んだあの声は、人々を前に説法していた

宝誌和尚のそれに似ていたような気もするのです。してみれば、やはりこの世はあの世の仮相であり、あの世はこの世の仮相であって、あると見るものはみなみずからがつくり出す幻なのだろうか。

そう思いながらふと朱孝廉が東の壁を顧みると、依然としてご殿や高楼の立ち並んだこの世ならぬ美しい街が見え、そこから抜けだしてでも来たようにいずれも高々と髷を結いあげた豊麗な美女たちが描かれている。ところがなんと、小間使いを従えてひとり花をもてあそんでいたお下げの少女だった紅華も、他の美女たちとおなじように高々と髷を結いあげているのであります。

花の寺

山東の海近くにそば立つ道教の寺院下清宮はいわゆる花の寺で、さまざまな花があるばかりか、高さ二丈、幾十抱えもあろうという耐冬や、高さ一丈あまりもある白牡丹があり、花のころにはそれぞれ咲き誇って、さながら錦を織りなすようになるのであります。黄生員はこの山東の膠州のひとで、下清宮に別荘を建てて読書を楽しんでいましたが、ある日、ふと窓に目をやると白い裳の娘が、花の間をちらちら歩いている。道教の寺院にこんな娘がいるとはと、目をあやしんだときにはすでにその姿はないのです。

しかし、それからもしばしば姿を見かけるので、黄生員は花蔭に身を隠して待ち受けることにしました。果たして白い裳の娘が現れたばかりか、こんどは紅い裳の娘と手をたずさえて来るのです。遠目ながらいずれもその美しさは言いようもありません。二人はそうして次第に近づいて来ましたが、紅い裳の娘がちょっと立ちどまり、あとしざりしたと思うと、

「なんだか、人がいるようよ」

知られてはもう致し方もありません。黄生員が花蔭から出ると、二人の娘は袖や裾をひらひらさせながらあとも見ずに逃げだし、行くのを追って低い垣のあたりまで来たときには、もうかぐわしい残り香が漂っているばかりです。黄生員は愛慕の情にたえず、なに気なく高さ一丈あまりのあの白牡丹を選んで、一詩を書きしるしました。

かぎりなき恋の想いに
切なくも窓に倚りそう
心なき人のものなりや
われいずこに訪ぬべき

部屋に戻ってひとり沈んでいると、思いもかけず白い裳の娘がはいって来ました。黄生員は驚きかつ喜んで迎え入れましたが、

「人をこわがらせたりするもんだから、詩人だなんて思わなかったの」

親しげに言うのです。黄生員がそれとなく身の上を訊くと、

「わたし？　香玉っていうの。もとは花街にいたんだけど、ここの道士から閉じ込められてしまったのよ。ほんとはいやだったんだけど」

「ここの道士に？」

仏教の寺院にも僧侶が花街から妓女を買い求めて、これを囲っているところがある。いや、そうした妓女に客を接待させて、繁栄をはかっているところすらある。敢えて報国寺に遊んだ江西の朱孝廉の見た幻もその類だとはいわないが、だとすれば道教の寺院に花街から来た妓女がいたとしてもあやしむに足りません。それにしても、下清宮には老道士のもとに弟子の道士

が幾人もいます。いったい、香玉はそのだれのことを言っているのだろう。黄生員は問いただそうとしましたが、

「いいのよ。閉じ込められたといったって、べつに強いたりはしないし、あなたみたいな方に会えたんですもの」

と、香玉は嫣然（えんぜん）として黄生員の膝にかけるのです。

「もひとり、紅い裳の人がいたね」

「絳雪（こうせつ）？　わたしと姉妹の仲で、お姉さんよ」

いつしか夜になって二人は枕をともにし、目を覚ましたときには、窓からあかあかと日が射し込んでいました。香玉は急いで起き上がって、

「夜が明けたのも知らなかったわ。お笑いにならないで」

と、笑いながら詩を口ずさむのです。

うれしい夜は明けやすく
あさのひかりが窓に射す
梁（はり）の巣にいる燕のように
いつも並んで棲みたいわ

「ほんとに心もやさしいんだね。これからはもう待つ夜の辛さをみさせないでくれないかな」

香玉は頷いて、そのまま夜も昼も一緒に暮らすようになりました。黄生員はときに絳雪のことを思いだし、

「絳雪姉さんはどうしてるの。きみとぼくがこうした仲になってるのに、どうして来てくれないんだろう」

それとなく誘いをかけると香玉は、

「絳雪姉さんは気性がさばっとしていて、わたしみたいに情に溺れたりしないの。でも、誘ってみるから急がないで」

ところが、ある日の夕がた香玉が部屋にはいって来て、袖で涙を拭きながら、

「お別れしなければならなくなったわ。『心なき人のものになりや……』とわたしに下さったあの歌まだ覚えてる」

黄生員はなぜそんなことを言うのかと問いつめましたが、香玉はただ泣くばかりで夜も眠らず、朝早く帰ったまま姿を見せなくなってしまいました。ふと気がつくと、なに気もなく一詩を書きしるした高さ一丈あまりのあの白牡丹がない。なんでも、下清宮を見物に来たこれもおなじ山東の即墨(そくぼく)の者が気に入って、掘り起こして持ち帰ったとのこと。しかも、それが日に日

に萎えて枯れたとの話です。

　黄生員ははじめて香玉が花妖で、花街にいたといったのも売りに出されてひとからひとの手に渡っていたからだということを知ったのであります。花を哭するの詩五十首をつくって、日ごとに掘り取られた穴のそばで泣いては帰りしていましたが、帰りながら振り返ると赤い裳の絳雪とおぼしい娘が穴のそばで泣いています。引き返すと果たして絳雪で逃げようともしないので、ともに哭して部屋に誘いましたが、絳雪は嘆きながらも、

「幼いころからの姉妹の仲が、たちまち絶たれてしまいました。でも、涙があの世まで届いたらわたしたちのまごころが通じて、生き返ってくるかもしれないわね」

　と、言うのです。

「ぼくは薄命で愛人すらなくしたぐらいです。二人の美人を手に入れる福がないのは致し方ないとしても、香玉にこころのほどを伝えたのに、どうして来てくれなかったの」

「あなたが情深い方だってことを知らなかったからよ。でも、こん後もおつきあいは心だけにしましょうね」

　そう言って、絳雪が帰ろうとするので、

「すこしでもいてもらって、この悲しみを慰めようと思うのに」

　と、黄生員が引き留めると、その夜はそのまましばらくいたものの、絳雪はそれからまた姿

を見せないのです。ところが、黄生員が折からの雨に香玉を想って寝もやらず、燈をつけて筆をとり、

雨の夜の山寺の
小窓をたれこめ
おもうひとなく
なみだながすも

ひとり吟じていると声がして、「先をつくらせてもらうわ」とはいって来たのは、絳雪であります。

袖かさねしひと去りて
ともしびくらし夜の窓
ひとり寂しく山にいて
影と二人のあじけなさ

黄生員がなん日も来てくれなかったのを恨むと、絳雪は、

「わたし香玉みたいに熱くなれないの。ただ、あなたを慰めて上げるだけよ」

しかし、それからは寂しくなると絳雪が来、酒を飲んだり詩のやりとりをするようになりました。「香玉はわが愛人、絳雪はわが良友」黄生員はほんとにそう思い、口にもするようになりましたが、絳雪とともに歩いて牡丹のそばに来るたびに、

「これがきみ？ もしそうなら持って帰ってうちに植えたい。とられて香玉みたいなことにならないようにね」

「ながく育った土から、移すのはむずかしいのよ。香玉すら添いとげられなかったのに、ましてわたしはお友だちだもの」

絳雪は笑ってとりあおうともしませんでしたが、その年も暮れて黄生員は山を降り年を越した二月、夢に絳雪が現れて言うのです。

「早く来て。遅れたらもうお会いできなくなるわ」

黄生員はにわかに馬の用意をさせ、夜明けも待たず寒空を馳けて下清宮に至ると、道士が増築の妨げになるというので、高さ二丈、幾十抱えもあろうというあの耐冬（つばき）を、伐らせようとしています。さては絳雪は牡丹ではなくこの耐冬だったのかと、老道士に願って急いでそれをとめさせました。夜に入ると果たして絳雪が来て礼を言うのです。

「どうしてほんとのことを言わなかったの。しかし、こうして良友に対していると、なおのことわが愛人が思いだされるね」

「それがいい知らせがあるのよ。花の神さまがあなたの至情に感じて、香玉をまたこの下清宮におくだしになるの。白歛の粉に硫黄をすこしまぜた水を、香玉のいたとこに毎日かけてやってね。来年の四月花のころには、きっと会えるわ」

あくる日、黄生員が掘りとられた穴のところに行ってみると、果たして牡丹が芽をふいています。いっそ、家に持ち帰って植えようかと相談すると絳雪は、

「いつか言ったでしょう。ながく育った土から移すのはむずかしいって。それは物にはそれぞれ、生まれるとこがきまってるからよ」

「だって、香玉は花街から来たというじゃないの」

と、笑いはしたものの黄生員は、絳雪と香玉が離れがたい姉妹の仲であることを思わずにはいられなかったのです。穴のまわりに雕りをした柵をつくり、かかさず薬水をかけてやると、芽は日に日に肥って春の尽きるころには二尺ばかりになりました。黄生員はそれからまた山を降りましたが、留守の間はカネをやって道士に養わせ、次の年の四月花のころに下清宮に来てみると、まだ咲いてはいないが白い蕾を一つつけているのです。去りもやらず見ていると、蕾はゆらゆらとして裂けそうになり、やがて花が開きました。すばらしく大きな花で芯の間に小

さな美人が坐っている。それがひらりと飛び降りて来たかと思うと香玉で、

「わたし、風や雨を耐えしのんで、あなたが来るのを待ってたのに、なんて遅いんでしょう」

にっこり笑ってそう言うのです。

「遅いって？　ぼくもきみと会えるのを、どんなに待ち遠しく思ってたか知らないのかい。すでにこうしてふたたび愛人を得たからには、早く良友に会いたいね」

「絳雪姉さんに？　そんなことなんでもないわ。いらしって」

香玉が手をひいて黄生員をれいの耐冬（つばき）のもとに連れて行くと、そばの草を一本抜いて、自分の裳をはかって長さをきめ、耐冬の下から上へとあてがって、笑いながら、

「ほら、ここのとこ擽（くすぐ）ってごらんなさい。たまらなくなって、すぐ出て来るわよ」

黄生員が言われたとおりに擽ると、たちまち絳雪がうしろから出て来て、

「なんて、わるさを教えるの。あなたのために、この人にできるだけのことをしてもらったのに。怒るわよ」

そう言いながらも、絳雪はにこにこしてともに部屋に来て、飲んだり詩をつくったりして、夜ふけて帰って行きました。黄生員は香玉と一緒に寝ましたが、そのこまやかな喜びは酔い痴れるようです。

その後、妻が死んだので、黄生員は下清宮にはいったまま帰らなくなりました。白牡丹はも

う腕のような太さになっていましたが、黄生員はいつもそれを指さして、

「ぼくはいつかわが魂をここに宿すつもりだ。きみの左のほうに芽を出すよ」

と、言うので香玉は絳雪と顔を見あわせて、笑うのであります。

「あなた、忘れないようにしてね」

その後、十年あまりして黄生員は病にかかりました。息子が来て悲しむと、

「悲しむことはないさ。これで死ぬのではなく生まれるのだ」黄生員はそう言って笑うと、老道士を顧みて、「あの白牡丹の左のほうに赤い芽が出て、五つ葉をつけたらそれがぼくですよ」

黄生員はそれなり口をきかず亡くなりましたが、翌年、果たして太い芽が香玉の白牡丹の左のほうに出て五つ葉をつけました。老道士はこれを黄生員と信じて、怠りなく水をやっていると、三年目には数丈の高さになり、その太さは一抱えもあるほどになったものの花をつけようとしない。やがて老道士も亡くなり、弟子の道士たちは老道士がこの牡丹を愛惜したゆえんを知らず、花が咲かぬといって伐ってしまったのです。すると、香玉の白牡丹も萎えて枯れ、間もなく絳雪の耐冬も枯れてしまいました。しかし、道士たちの中にはなお三人が楽しげに打ち連れて、錦を織りなす花の間を、ちらちら歩いているのを見かけるという者があるとのことであります。

そのかおりにも

馬子才は北京の人、代々菊を好んだがこの人に至って極まったというべく、家は貧しいにもかかわらず、いい種類の菊があると聞けば千里の道も遠しとせず、行ってそれを求めるのであります。たまたま、南京から来た客からその従兄弟が北方にない菊を一、二種持っていると聞き、ともに驢馬を並べてはるばる南京に赴き、芽を二つばかり分けてもらって宝もののように包んで持ち帰りました。

その途次、ふと見れば幌馬車にしたがいながら、驢馬にまたがっておなじ道を行く青年がいる。いかにも清らかな感じなので、驢馬を寄せて挨拶すると、青年も陶三郎と名のり、話す話がまた奥ゆかしいのです。馬子才にははるばる南京に来たわけを尋ねるので、包みを見せて言うと、

「ほんとうは造りかた次第で、種類によしあしなんてないんですがね」

陶三郎はそう答えて菊のつくり方などを話す、それも精しく頷かれることばかりです。馬子才は同好の士を得た思いで、

「それで、これからどこに行こうというのですか」

と訊くと、陶三郎は、

「姉が南京にいるのに飽いて、北方に住みたいと言うものですから」

馬子才は喜びに堪えず、

「ぼくはあばら屋住いですが、屋敷の南には畑があり、椽も三、四という小さな部屋がありま
す。そんなところでも宜しかったら、一緒に住んではもらえませんか」
「そうですか。願ってもないことですが、姉に話してみましょう」
陶三郎は驢馬を幌馬車に近寄せ「黄英姉さん」と声をかけると、簾をかかげたのは二十ばか
りの目にも眩い美人でニッコリしながら、
「そんな畑があれば、部屋なんかどうでもいいわ」
と、言うのであります。やがて北京に帰りつくと、二人はひどく喜んで南の畑の部屋に住み、
陶三郎は毎日のように北の屋敷の馬子才の庭に来て、もし菊の枯れたのがあると抜いては植え
かえる、それがひとつとしてつかぬものはありません。
こうして、陶三郎は馬子才とともに飲み食いして帰るのですが、部屋ではどうやら煮たきも
していないようです。馬子才の妻はこれを見かねて、ひそかに米を運んでやったりしたので、
姉の黄英もまた妻のところに来ては、ともに縫いものをしたり、つむいだりして話しあうよう
になりましたが、ある日、陶三郎が馬子才に、
「こう申してはなんですが、あなたも豊かなお暮らしとは言えないのに、姉弟してお世話にな
っています。いかにも心苦しいので、さしあたり菊を売って暮らしを立てようと思うんですが
ね」

と、言うのです。

「菊を売って暮らしを立てる？　きみは清貧に安んじることのできるひとだと信じていた。そんなことをするのは、東籬をもって市井にすることで、私利のためにいわば菊を花街の妓女にするようなものじゃありませんか」

東籬をもって市井にするとはむろん陶淵明の、

菊を采る　東籬のもと
悠然として南山をみる

との詩句にことよせたもので、淵明は菊を愛し酒を好み、貧困のうちに楽しみを求めた隠逸の士で、馬子才の敬慕してやまぬ人だったのです。

「みずから丹精して食べるのは、貪るのとは違います。花を売るといっても花は愛する人によって買われるので、花街の妓女を強いて世すぎするようなものではない。俗なこととは思いません。強いて貧を求めることは、淵明もいさぎよしとはしなかったでしょう」

それなり、馬子才がなにも言おうとしないので、陶三郎は立ち上がって部屋を出て行きました。そして、馬子才の捨てた菊の枝や、ろくな種類でないとしたものを拾い集めて行ったきり、特に招かなければ来なくなってしまったのです。ところが、菊の花が咲くころになると、陶の門前のあたりが騒がしくなりました。馬子才が出てみると果たして東籬が市井になり、街のひとびとが菊を買いに集まって来て、車に積んで行くものもあれば肩にかついで帰るものもある。しかも、その菊はいずれも変わった種類で、見たこともないものばかりです。呆然としていると、陶三郎は手をとって引き入れ、

「ご忠告を守ることはできませんでしたが、一杯さし上げることはできるようになりました」

と言って、菊畑の傍に席をもうけるのです。やがて、部屋のほうから陶三郎を呼ぶ黄英の声がして、見事な料理が並べられましたが、注しつ注されつの酒になっても、陶三郎はすこしも酔ったとはみえないのです。翌日、馬子才があらためて訪ねてみると、たしかにゆうべはさしたばかりのように思えた枝が、もう一尺ばかりになっています。驚いてその術を教えてもらいたいと頼むと、陶三郎は笑って、

「口ではお教えできないものです。あなたは暮らしのために菊をつくられるのではないし、そんなことはお考えにならないほうがいいでしょう」

数日して客足が次第にさびれて来ると、陶三郎は残りの菊をむしろに包み、車に積んで出て行って、その年も過ぎて春も半ばになろうとするころ、南方の珍しい種類の菊を載せて帰って来ました。そして、街で花屋を開いて、十日もたたぬ間に売り尽し、また家に落ちついて菊の

世話をしはじめたのです。去年、菊を買ったものに訊くと、その根株を残しておいてはみたものの、ただの駄菊になってしまったので、また陶三郎から買い求めたというのであります。

陶三郎は日増しに富んで一年目には家を建て増し、二年目には家を建て替えました。べつに馬子才に相談するでもなく、馬子才も係わろうともしませんでしたが、次第にかつての菊畑が廊舎に変わり、陶三郎は更に畑を買いとって周囲に土盛りをし、いちめんに菊をつくったのであります。

秋になると陶三郎はまたどこかに行ったようでしたが、どうせまた春になれば戻って来ると思っていたのに、それなり姿を見せないのです。その留守中に、馬子才の妻が亡くなりました。妻はもともと黄英と仲が良かったし、のちぞいにと人を介して申し入れると、黄英もほほ笑んでまんざらでもなさそうなものの、陶三郎がいないのですすんで承知しかねる様子だというのです。馬子才ももっともと思い帰りを待ちましたが、一年あまり過ぎても陶三郎はやはり帰らないのです。黄英は下僕に指図して菊をつくらせ、屋敷はいよいよ立派になって村はずれに二千畝にもあまる良田を得るに至りました。

するとある日、南京から客が来て陶三郎の手紙を持って来ました。黄英をもらってくれるよう書いてあるのです。しかも、手紙の書かれたのがちょうど妻のなくなった日にあたっている。不思議なことだと思いながら黄英に手紙を見せ、結納などの相談をしましたが、黄英はそんなものはと笑うばかりではありません。あたらしく陶三郎の建てた南の廊舎に来て住まったらと言うのです。

それでは、入婿のようになると断わったので、日を選んで嫁入りすることにしましたが、黄英は馬子才の屋敷の壁に扉をつくって、南の廊舎に通じるようにし、そこから出入りして下僕を監督し、なにかと南の廊舎から持って来るので、半歳もたたぬ間に目に触れるものはみな陶家のものになりました。馬子才は人をやって持ち返させようとしましたが、

「そんなに気をお使いにならないでもいいわ」

黄英は笑って大工を呼び集め盛んに工事をはじめ、数カ月たつうちには見事な棟が立ち並び、北の廊舎と南の屋敷はひとつづきになってしまいました。馬子才は心に恥じながらもするにまかせて置きましたが、それでもなお落ち着かず黄英に、

「いたずらに女房に養われていては、男としての面目が立たない。人はみな金持ちになりたいと思うのだろうが、わたしは貧しくなりたいのだ」

「わたしはなにも貪ってるんじゃないのよ。ただ菊を愛する者は淵明のむかしから、貧を免かれず出世もできないと嗤(わら)うので、ちょっとばかり淵明の名誉のためにしただけだわ」

あるとき、馬子才は所用があって南京に旅しましたが、かつては菊を求めて訪れたところでもあり、たまたま菊の季節でもあったので、花屋をのぞいてみると菊の鉢がいっぱいに立ち並

び、どれもまことに見事につくられている。なにかこう、それが陶三郎の造ったものに似ているような気がしていると、やがて出て来た主人がやはり陶三郎だったのです。馬子才はひどく喜んでともに北京に帰ろうとすすめましたが、北京に行ったのは姉の黄英が望んだからだと言って肯んじないのです。強いてすすめて店の始末をさせて連れ戻ると、黄英はすでにそれを知ってでもいたように部屋をとりかたづけ、寝台や夜具の用意をしているのです。

陶三郎は四阿や庭を手入れさせ、毎日のように馬子才と碁を打ったり、酒を飲んだりして敢えて友を求めようともしませんでしたが、たまたま馬子才の友人の曽生員が訪ねて来ました。陶三郎が酒を好みながら、いくら飲んでも酔ったともみえぬことはすでに述べたとおりで、この曽生員もまた酒にかけては無敵という青年だったのです。馬子才がこの二人に飲みくらべをさせたところ、飲むほどに意気投合し互いに会うことの遅きを恨むのであります。

こうして昼前から飲みはじめ、夜中過ぎに飲み終わったころには、おのおの百壺を飲み乾しました。曽生員は泥酔してその場に寝入り、陶三郎は立ち上がって戻ろうとしましたが、菊畑に足を踏み入れて倒れ、着物をかたわらに脱ぎ捨ててそのまま菊になってしまったのです。高さは身の丈ほどあって夜目にも白く大輪の花をつけている。馬子才は気も絶えんばかりに驚いて黄英に知らせると、黄英は馳けつけてその菊を抜き、地上に置いて着物をかけてやり、

「どうしてこんなに酔ったんです」

叱りながら見てはいけないと言って馬子才を促し、その場を去ったのです。夜が明けて行ってみると陶三郎はもとに戻って菊畑に寝ていました。馬子才はこの姉弟が菊の精であることを知って、いよいよ二人を愛するようになりましたが、陶三郎は酔ってほんとうの姿を現してからは、ますますひどく飲むようになり、なにかといっては自分のほうから手紙を出して曽生員を招き、莫逆の友になったようであります。

百花の誕生日といわれる陰暦二月十二日の花朝のこと、曽生員が二人の下僕に罎(かめ)をかつがせてやって来ました。薬を入れた白酒で陶三郎と二人で飲みつくそうというのです。罎の中が空になりそうになっても、二人はそれほど酔ったともみえなかったので、馬子才が更に一瓶の酒を入れてやると二人はそれをも飲みつくし、曽生員は足腰の立たぬほど酔って下僕に背負われて帰り、陶三郎は地面に酔い臥してまた菊になってしまいました。馬子才はすでにこのことあるを知っていたので、れいのように抜きとりましたが、見てはならぬと言われたのも忘れてどう変わって行くかを見守っていたのです。しかし、時がたつとともに葉が萎えていくばかりなのでにわかに心配になり、あわてて黄英に知らせるとひどく驚いて、

「弟はもう戻らないんじゃないかしら」

と、言って馳けて行きましたが、根はもう枯れているのです。黄英は消え入るばかりに悲しんで、その茎を摘みとって鉢にいけ、自分の部屋に持ち込んで毎日水をやりました。聞けば、

曽生員も酔いつぶれて死んだというのです。馬子才も後悔して身も世もあられぬほどでしたが、黄英は悲しみつつもかえってこれを慰め、

「もともと、陶家は菊を愛するのあまり、菊になったのです。それが好きな酒を好きなだけ飲んでまた菊に戻ったといって、なんの悔やむことがありましょう。九月になったらまた花を開きますよ」

果たして、鉢の菊は次第に芽をふき、九月には短い茎ながら、多くの白い花をつけましたが、それを嗅ぐとかすかに酒のかおりがするのです。すなわち、酔陶と名づけ酒をそそいでやると、いよいよ勢いづいて葉を茂らすのであります。「淵明も菊を愛し酒仙といわれたひとだ。きみたち陶家のものは淵明の後裔だったんだね」

馬子才は淵明に対するような敬慕の情すら覚えずにはいられませんでしたが、黄英は笑うばかりでそれに答えようとはしなかったといいます。

わたしもまた淵明を敬慕すること、馬子才に劣るものではありません。しかし、淵明は酒仙隠逸のひととされながらもひとたびは官職につき、「五斗米のために腰を折って郷里の小人に向かう能わず」とそれを抛ったのです。わたしにはその気概があるどころか官職に執着し、しかも鬢（びん）に白髪を見てもなお合格することができず、わたしを信じ励ましてくれた妻も諫めて断念を進めるに至りました。さりとて、わたしはしばらく詩文を捨てて、俗物になってくれとい

った心あたたかい友人の言葉にもかかわらず、詩文に耽りはしたもののいたずらに卑俗怪異の聞き書きを綴るのみで、寒苦のうちに妻も老いいまはこの世を去ってしまったのです。しかも、こうして燈火(ともしび)暗い部屋の中でこごえる机に向かっている。これまた卑俗怪異の聞き書きながら、かつてそこにいくばくかのわたし自身を見たように、あやしくも次第にここにもまた若き日のわたしがあるような気がして来るのです。

笑いのこぼるるがごとく

王子服は山東の羅店鎮の人、すこぶる怜悧で十四歳で生員をかち得たほどであります。母は早くから夫を亡くし、わが手ひとつで育てて来たので王子服を愛することはなはだしく、日頃は野遊びもさせぬほどでしたが、正月十五日すなわち元宵節の日に従兄呉が誘いに来ました。従兄といっても呉は自分側の従兄で、母はむしろ、喜んで送りだしてやったのです。

どんな用事ができたのか二人して村はずれまで出たとき、下男が追って来て呉を連れ戻しましたが、女たちが雲のように群れ遊んでいる。王子服はつい気をとられてひとり歩いていると、おなじとしごろの小間使いを伴って一枝の梅花を弄びながら来る娘がいます。しかも、世にもまれな美人で王子服を見てこぼれんばかりの笑みをたたえるのです。われを忘れて王子服はじっと見つめていましたが、娘は纏足のきざみ足でなん歩か通りすぎると、

「まァ、おめめをきょろきょろさせて。なにかを盗ろうとしてるみたい」

そう言って梅花を捨て、笑いながら逃げだすように行ってしまったのです。王子服はぼんやりとして見送り、やがてその梅花を拾いあげて帰ったものの梅花を枕の下にして床につき、ものも言わねば食事をとろうともしなくなりました。母は心配して祈禱やお払いをしてもらったりしましたが瘠せおとろえ、医師が薬をやって病を体外に出すとかえって、気も抜けたようになってしまったのです。母は気もおろおろになっていたわりながら、なにか思いあたることがあるならと訊いても返事をしようともしない。おりよく呉が来たのでこっそり尋ねてくれるよ

う頼みました。

呉は承知して部屋にはいり榻(ねだい)に近づくと、王子服は呉を見てほろほろと涙を流し、あの日のことを打ちあけ、なんとかしてもらえぬものかと言うのです。呉は笑って、

「なあんだ、そんなことならなんでもない。ぼくがきっと捜してみせるよ。乗りものにも乗らずに来たというんだろう。きっとご大家の娘じゃあるまい。もしまだ婚約してないようなら話はすぐまとまるだろうし、そうでなくても金を惜しまなければうまく行くさ。まァ、元気を出すことだ」

あとはまかせておけと言ったので、王子服もなにやらほっとしてにっこりしたのであります。

部屋を出た呉はそれを母に話し、心あたりの娘を捜しまわりましたが手がかりもありません。母はいよいよ心配し途方に暮れる様子なので、呉は一計を案じていっそ欺いてやろうと心にきめました。れいのように部屋にはいって行くと、果たして待ちかねたようにその後どうなったと王子服が訊くので、

「見つけた、見つけた。だれかと思ったらぼくの父方の伯母(おば)の娘、つまりきみには母方の従妹(いとこ)なんだ。まだこれといって縁談をきめてもいない。ちょっと縁が近すぎるがまとまらんこともあるまいよ」

「それで、あのひとはどこにいるの」

と、王子服が喜びにたえぬように言うので、呉は更に欺かざるを得なくなったのです。

「西南の山の中さ。ここから三十里ぐらいもあるかな」

それから王子服は食も進むようになり、日ましに快方に向かいました。枕の下を探ると梅花は枯れながらも散ってはいない。あの日のあのひとを想い見て弄(もてあそ)んでいましたが、呉はその後姿を見せぬばかりでありません。手紙を持たせてやっても用事にかこつけて来ないのでありませす。母はまた病がぶり返してはと縁談を急ぎ、それとなく話を持ちかけましたが、王子服は頭を振って呉の来るのを待っていました。しかし、考えてみれば三十里はさして遠い道のりではない。ひとをわずらわすまでもないことだ。王子服はそう思って梅花を袖に入れ自分で出かけることにしたのです。

それがいつわりとも気づかず、ただ呉の言葉をたよりにひたすら西南の山をめざし、ひとり歩いて行くうちに、山路にかかって尾根は乱れて打ち重なり、空を遮る緑の色のさわやかさは言いようもありません。シンとして行く人もないのはむろん、鳥の道しかないと思われるほど険しくなって来ましたが、遥かに谷底を望めば花の草むら、入りくんだ木々の間から小さな村がちらちらと見えるのです。

草を握り木でからだをささえささえして降りると、村の家々は茅葺屋根ながらいずれも小ざっぱりとして風雅な趣があります。中でも雅趣があるのは正面に見える北向きの一軒で、門前には糸柳が枝を垂れ、垣根の内には桃や李が咲きほこり、かつその間に高い竹が繁って、小鳥がしきりに鳴いている。おのずと足がとまりましたがはいりかね、たまたま清らかな大きな石があったのを幸い、腰を下ろしてしばらく休んでいると、

「小栄！」

長く引いて垣根の内で呼ぶ娘の声がするのであります。それがまた細く愛らしい。思わず聞き耳を立てていると娘がひとり東から西へと歩いて来、立ちどまって手にした一枝の杏の花を髪に挿そうとしましたが、ふと王子服に気づきくすりと笑って挿すのをやめ、それなりそれを弄びながら家にはいってしまいました。まさに元宵節に出あったあの娘です。王子服は胸をおどらせましたが、門内はふたたびシンとしています。どうして訪ねたらいいものか途方に暮れ、立ったり坐ったり行ったり来たりしていると、娘がときに顔を半分ちらと出してはくすりと笑うのです。面白がって覗きに来るらしいのですが、やがて見知らぬ若者がいるとでも告げたのでしょう、陽もかげろうとするころ老婆が杖にすがって出て来て、

「どこの若じゃな。聞けば、ずうっとそこにおいでそうだが、どうするおつもりかね」

「親戚をたずねようとして来たんです」

王子服はやっとそう答えましたが聞こえぬらしい。耳に手をあてるので、も一度大きな声で繰り返すと老婆はようやく頷いて、

「して、そのご親戚のご名字は」

気づいてみれば、ただ呉の言うことを信じて名字も聞かずにいたのです。王子服が返事もできずにいると老婆は笑って、

「はてさて、名字も知らずに訪ねる人もないもんだ。見うけるところ、若は世間知らずで読書ばかりしている人のようだね。甥といえるようなものもないではない。今夜は休んで明日帰り、名字を聞いて出直しなすっても遅いことはないだろう。なにはともあれ、粗飯でも……」

そう言われて、王子服はにわかに空腹を覚えましたが、いよいよ娘に会えるのだという喜びを隠すことができません。老婆についてはいると門内は白い石畳みの路で、紅い木の花が路ごしにはらはらと階(きざはし)の上にも落ちるのです。西へ折れ曲がってまた戸を開ければ庭いっぱいに豆や花の棚がある。案内されてはいった部屋の白壁は鏡のように輝き、敷きものも机も榻も美しくつややかです。言われるままに椅子に掛けていると、海棠(かいどう)が枝をさしのべている窓から、またちらちら覗くものがあります。娘かなと胸をときめかしましたが老婆が、

「小栄や、はやく食事の支度をなさい」

と、言うと覗くのをやめて逃げて行ったらしく、やがて「はあい」と遠くから大きな声で答えるのです。してみれば、いまのは娘の呼んでいた小栄で、小栄も娘にそそのかされて覗きに来たのです。問われるままに王子服は自分の家柄を述べていましたが、老婆はふと思いあたっ

たように、

「もしかして、若の母方の祖父は呉といいやしないかね」

「そうです」

王子服がそう答えると老婆は驚いて、

「では、若の母はわしの妹で若はわしの甥じゃ。ご覧のように貧しくて男手(おとこで)もないもんだから、つい訪れもしなくなっていたが、甥がこんなに大きくなっていたとは知らなんだ」

いまさらのように、王子服は呉の言ったとおりだったと思いながら、

「じつは、きょうここに来たのは、伯母さんを訪ねるためだったんですよ。それがついご名字も聞かずに来てしまうなんて」

「わしの姓は秦というんだよ。女の子がひとりいるがわしには子がなく、その母親が再婚したのでわしが育てているんだよ。おろか者とも思えんが躾けがたらず、心配ごとも知らずに遊び呆けている。いまに呼んで会わせよう」

間もなく食事が運ばれて来ましたが、王子服はそこでそれが娘の伴っていた若い小間使い、すなわち小栄だったのを知ったのであります。食事がすむと老婆は小栄に食器をかたづけさせ、

「嬰寧(えいねい)に来るようにとな」

しばらくすると、戸の向こうでくっくとかすかな笑い声がします。

小栄に押しやられでもしたのでしょう、やっとはいっては来たもののなお笑いがとまらず、口をおおっているのです。

「お客さまがいらっしゃるのに、笑い呆けて、なんたることじゃ」

老婆はにらみつけましたが、嬰寧のおかしがるのも無理からぬことです。自分もついもらい笑いして、

「この若は王さんといって、お前の叔母さんの息子さんだよ。おなじ一家のものなのに、知らずにいたなんてみょうなこったね」

王子服も笑いながら老婆に、

「嬰寧さんはおいくつですか」

と、訊きましたが、よく聞きとれなかったもののようです。王子服がおなじことを繰り返すとまたも嬰寧は笑いだし、顔をそむけてしまいました。老婆も笑って、

「躾けが足りんというたが、このとおり。としはもう十六になるのに、笑い呆けてまだねんねじゃ」

「じゃ、ぼくより一つとし下ですね」

「若はもう十七におなりかね」

王子服が頷くと、老婆は身を乗りだして、

「若は嫁をどこからもろうたね」

「嫁はまだもらわないんです」

「若のようないい男が、なんでまた十七までももらわずにいるんじゃ。嬰寧もまだでのう。ほんに似合いの夫婦じゃが、惜しいことにちと縁が近すぎる」

これも呉の言ったことだと思いながらも、王子服は嬰寧に気をとられて目が離れないのです。するとと、小栄がささやいて、

「まだなにかを盗(と)ろうとしてるみたいね」

と、言ったので嬰寧は笑いだし、

「桃がどのくらい咲いたか見て来よう」

袖で口をおさえながら出て行って、それでもやっとこらえていたというように、外でまた笑うのであります。老婆もしょうことなしに笑いながら、

「こんな山の中では来るといってもなかなか来れるもんじゃない。四、五日とまってゆっくり遊んで帰るんだね。退屈したら読書するなり、裏の小庭を散歩するなりしてもらうんじゃな」

あくる朝、王子服が家の裏手に行ってみると果たして半畝(はんぽ)ばかりの庭があり、細(こま)かい草が毛氈を敷いたように一面に生えている。楊(やなぎ)の絮花(わたばな)がまかれたように散っている小路の果てには三

間ばかりの草屋根の小亭があり、かぶさるように木の花がおおっています。王子服はそれをくぐって歩いていましたが、突然ざわざわと音がします。驚いて見上げると木の花の間に嬰寧が登っていて王子服を見て笑い、いまにも落ちそうなのです。

「およしよ。落ちたらどうするの」

王子服に言われて、嬰寧は降りて来ましたが、降りながらも笑い、地に足がとどこうとした途端、手が離れてころげてしまいました。王子服は嬰寧を助け起こして、袖の中の梅花を出してみせると嬰寧は手にとって、

「枯れてるじゃない。どうしてこんなものとっとくの」

「そりゃ、元宵節にきみが持ってた花だからさ」

「それだからって、どうして」

と、また笑うのであります。

「どうしてって、こうして梅の花を持ってたのは、あの日のことを忘れないためさ」

そして、王子服は元宵節以来病いの床に臥し、あの世のひととなるかとさえ思ったと、それとなく心のほどをあかしましたが、嬰寧にはそれが通じないようであります。

「そんなに梅の花が好きなら、お帰りに庭のを折らせてだれかに背負わせてやるわ」

「そうじゃないんだ」

「じゃ、なぜそんなこと言うの」

「ぼくは梅の花を愛してるんじゃない。この梅の花を弄んでた人を愛してるんだ」

「愛するのあたり前じゃない？　だって、親類同士ですもの」

「そんなこと言ってるんじゃないよ。きみと夜の枕を共にするようになりたいんだ」

嬰寧はさしうつむいて、なにやら考えている様子でしたが、

「わたし、知らない人とだと寝つけないの」

王子服はなんとして思いのほどを伝えたものかとやきもきしていると、朝食ができたというのでしょう、小栄の呼ぶ声がするのです。あわてて身を隠し部屋に戻って招かれるのを待って出て行きましたが、すでに来ていた嬰寧に老婆が、

「どこに行っていたんだえ」

と、訊いているのです。嬰寧は隠そうともせず、

「庭で一緒に話していたの」

「食事はとっくにできてるのに、なにをそんなにお喋りしてたんだね」

「お喋りって、わたしと夜の枕を共にしたいというようなこと……」

嬰寧はくすりと笑ってそんなことまで言いだそうとするのです。王子服はあわてて目配せしましたが、幸い耳が遠い老婆には聞こえなかったようなので、話をそらしながら小声で、

「どうしてあんなこと言うの」

と、咎めると嬰寧はかえって小声で聞き返すのです。

「いけないの」

「わからないのかな。あんなことはひとに隠しておくことだよ」

「でも、おばあさんには隠せないわ」

王子服は嬰寧のあまりの無邪気さに困じ果てましたが、食事を終わって門先に出てみると、家の者が二匹の驢馬を連れて来るのであります。聞けば、母が王子服の久しく帰らぬのを案じて、村うちくまなく捜させたものの行方が知れない。そこで、呉に話すとあるいはほんとうに西南の山の中を訪ねて行ったのではないかというので、幾つかの村を経めぐり山を越えてようやくここまで来たとのことです。王子服は老婆に告げて嬰寧も連れて共に来てもらいたいと言うと老婆は喜んで、

「願ってもないことじゃが、わしはもう遠みちがかなわぬでのう。若がこの子を連れて行ってくれ、叔母御に引き合わせてくれるなら、こんないいことはない」

と言い、引きさがっていた嬰寧を呼ぶのです。嬰寧はまたも笑いながらやって来たので、

「なにがそんなにおかしいのかね。それさえなけりゃ人並みなのに。若がお前を連れて行って下さるそうじゃ。叔母御は田地持ちだから、ご厄介になるがよい。いくらかでも字を覚え行儀

作法を見習うのだよ」

老婆はそう言って自分も笑いながら、迎えの者にも酒食をふるまい二人を送りだしました。山にかかって沢まで来たとき、王子服はふと気を引かれて振り返りましたが、老婆はまだ門によってこなたを眺めているのであります。ようやくにして帰りつくと、母は王子服が美しい嬰寧といるのを見て驚き、

「あの子は誰？」

「誰って、ほれ、伯母さんの子ですよ」

「伯母の子？　お前、呉さんが言ったのを信じてるんだね」

小声でそう言って、母が訊ねると嬰寧は笑いながら、

「お父さんは秦(しん)っていうんです。でも、亡くなったときわたしまだ赤ン坊だったから覚えていないの」

「わたしの姉のひとりが、秦に嫁いだことは嫁いだけど、これも夫に先立って亡くなったのよ」

と、母が不審がって委しく老婆のことを訊くと、嬰寧の答は王子服も見たとおりで、ホクロといいアザといい、まったくそのとおりなのです。

「おかしいわね。亡くなったひとがまだ生きてるなんて」

「でも、わたしお母さんの生みの子じゃないの」

そんなことを言っていると呉がやって来たので、嬰寧は笑い声を残して別室に避けました。ことの次第を聞いて呉はしばらくあきれたような顔をしていましたが、

「その子は嬰寧というんじゃないのかね」

「そう、どうして知ってるの」

王子服が問い返すと、それならというように呉は、

「いやね。叔母さんが亡くなった後、秦の叔父さんはやもめ暮らしをしていたが、やがて狐と一緒になったんだよ。ところが、叔父が死に狐は女の子を生み落として、むつきにくるんで床に寝かして去ったそうだ。それがたしか嬰寧とかいったとか聞いたな。狐はそれからもまだときどき来てたというけど、家の者が張天師のお符を壁に貼りつけたりしたものだから、狐はその子を連れてどこかに行ってしまったんだよ。ひとつ、会ってみたいもんだね」

言われるままに王子服が隣室に行って連れて来ようとしましたが、嬰寧はまたも笑ってこちらを向こうともしないのです。しかし、母が「おいで」と言ったので、やっと出ては来たもののお辞儀をひとつしたと思うととんで返り、声を上げて笑いだす。なみいる女たちもみな吹きださずにはいられなくなりました。

王子服が仲人(なこうど)を頼むと、呉はそれはいいとしても、まず不思議をつきとめようと言って、あ

の村を訪ねて行きました。しかし、家などまるでなく、ただ山花が散りしいているばかり。伯母の墓もたしかこのあたりだったと思うものの、塚の盛り土も崩れ果て見わけもつきません。呉からこの話を聞いて、母は嬰寧がこの世のひとでないのではないかと怪しみ、日向にいるところを覗わせましたが影もちゃんとある。お前の家はもうないのだよと慰めても、嬰寧は悲しみもせず笑っているのです。

　母はさしあたり嬰寧を小女（こおんな）と寝させることにしましたが、朝は早くから起きて挨拶に来るし、針仕事をさせても人並みすぐれている。ただ、よく笑い、笑いだすととめようもなくなるのですが、いかにも明かるくにこやかであでやかさを失わぬので、近くの娘や若い嫁たちはみな喜んで嬰寧を迎えるのです。母も吉日を選んで嫁に迎えることにし、その日が来ると花やかに着かざらせて、婚姻の礼をとり行なわせましたが、このときも嬰寧は笑いくずれてどうしようもなくなりました。しかし、なんとも言えぬ魅力があって、母がなにかで心配したり怒ったりしても、嬰寧が行って笑うとすぐ気が晴れてしまうのです。

　嬰寧の花を愛することもかつてとすこしも変らず、花を求めて親類じゅうを捜しまわるばかりか、ひそかに自分の金の釵（かんざし）を質に入れたりしてはいい種を買うというふうでしたから、数カ月もするうちには庭いっぱい花になってしまったのです。庭の後ろに西隣りの家に接して棚があり、いまを盛りと木バラが花をつけていました。嬰寧がいつもその棚によじ登って、花をつんでは頭に挿したり弄んだりしているので、母がときどきそれを見つけて叱るのです。しかし、嬰寧はただ無邪気に笑うばかりで、小児のようにやめようとはしないのです。

ある日、西隣りの家の息子がこの棚の上に嬰寧のいるのを見かけ、ついうっとりと見惚れていましたが、嬰寧は笑って隠れようともしない。心もとろける思いでいると嬰寧はくっくと笑い、垣外の下のほうを指さして降りて行きました。息子はそれを約束の場所を示したのだと思い込み、日暮れを待って行ってみると果たして嬰寧が立っています。そこで抱きついてたわむれようとしましたが、錐(きり)で刺されたような痛みがあたまの芯まで突きとおり、わっと叫んで倒れました。見ればそれは嬰寧ではなく枯れた木で、接したのは朽ちた穴だったのです。隣りの親父が声を聞いて馳けつけましたが、息子はただ唸(うめ)くばかりでなにも言わず、妻が来てからやっと話し、ほんとうのことがわかったのであります。火をともして朽ち穴を覗いてみると、蟹ほどもあろうという大きな蝎(さそり)がいる。親父は枯れ木を砕いて蝎を殺し、息子を背負って家に帰りましたが、息子は夜中を待たずに死んでしまいました。そこで、親父は嬰寧を妖しいと言って訴え出たのです。

しかし、ときの県知事は王子服の才を買い、篤行のひとだということを知っていたので、親父が誣告(ぶこく)したものと信じて笞打たせましたが、王子服が親父のために許しを乞うたので、親父は許されて帰って来ました。

「どうして、そんなバカな真似をおしなんだい。わたしは早くからこんなことになるんじゃないかと思ってたんだよ。幸い、知事さんがわかった方だったからよかったようなものの、そうでなかったらお前がお調べを受けなければならない。伜も親類縁者に顔向けができなくなったろうよ」

母がそう言うと嬰寧はふと真顔になって、

「そうね。これからはもう笑わないわ」

「笑わない者なんてあるもんじゃない。ただ、時と場合があるんだよ」

しかし、嬰寧はそれからというもの、からかっても笑わなくなりましたが、といって明かるく、かくべつさびしげな様子もみえないのです。ところが、ある夜、嬰寧は王子服に向かって突然涙を流しました。怪しんで尋ねるとむせびながら、

「こうなってまだ日も浅かったんで、怪しまれると思って心配してたんだけど、お母さんもあなたも可愛いがって下さり、なんのわけ隔てもないのでありのまま言うわ。許して下さるわね。わたしはほんとうは狐の子なの」

「いいんだ。それはぼくも知ってたんだよ。ただ、お前といたあのお年寄りがどうしてもわからないんだ」

王子服がやさしく抱いてそう言うと、嬰寧はむせびながら頷いて、

「それはわたしの狐の母が逝くときに、わたしがあずけられたあの世のひと、あなたのお母さんのお姉さんだったの。あなたが会ったのはその人で、わたしは十年あまりもお世話になり、やっといまのようになれたのよ。わたしは兄弟もいないので頼みにするのはあなたばかり。年寄ったあの世のひとはいまも険しい山かげにいて、あわれをかけて合葬してくれるものもなく、いまも浮かばれずにいるんだわ。あなたが費用を惜しまずあの世のひとの悲しみをなくして下されば、わたしもう言うことはないわ」

果たして嬰寧は呉の言ったとおりで、老婆はこの世のひとならぬ母の姉、呉の叔母だったのです。日を定めて王子服と嬰寧は柩をかつがせてあの山かげに行くと、嬰寧は生い繁る雑草の中を指さしてあれが墓だと言うのです。掘るとそこには老婆の死骸がありからだもまだ崩れていない。嬰寧はとりすがって泣き、柩におさめてかつがせ、秦氏の墓をたずねて合葬しましたが、その夜、王子服は老婆が来て礼を述べた夢を見ました。目覚めて嬰寧に話すと嬰寧は言うのです。

「わたしゆうべ会ったのよ。あなたを起こすなと言われたものだから」

「どうして引きとめてくれなかったんだ」

王子服がひどく残念がると嬰寧は、

「生きてるひとばかりで陽気が勝ってるのよ。あの世のひとは長居できないわ」

と、言うのです。それでふと小栄のことを思いだして訊くと嬰寧は、

「あれも狐なの。利口な子でね、狐の母が残しておいてわたしの世話をみさせたのよ。よく木の実を取って来ては食べさせてくれたので、忘れたことはないわ。ゆうべ来た母にたずねてみたらもうお嫁にやったんだって」

あくる年、嬰寧は男の子を生みました。抱かれても人見知りせず、人を見るとすぐ笑うところなど嬰寧にそっくりだと母も言って笑うのであります。その子ともども清明節には必ず秦氏の墓に詣で、あの世のひとともども喜びを分かったことは言うまでもありません。

P+D BOOKS ラインアップ

遠いアメリカ　常盤新平　●アメリカに憧れた恋人達の青春群像を描く

私家版 聊齋志異　森 敦　●奇々怪々、不朽の怪奇説話の名翻案19話！

血涙十番勝負　山口 瞳　●将棋真剣勝負十番。将棋ファン必読の名著

続 血涙十番勝負　山口 瞳　●将棋真剣勝負十番の続編は何と〝角落ち〟

死刑囚 永山則夫　佐木隆三　●連続射殺魔の〝人間〟と事件の全貌を描く

単純な生活　阿部 昭　●静かに淡々と綴られる〝自然と人生〟の日々

P+D BOOKS ラインアップ

夢の浮橋	倉橋由美子	●両親たちの夫婦交換遊戯を知った二人は…
城の中の城	倉橋由美子	●シリーズ第2弾は家庭内〝宗教戦争〟がテーマ
われら戦友たち	柴田 翔	●名著「されど われらが日々――」に続く青春小説
山中鹿之助	松本清張	●松本清張、幻の作品が初単行本化！
白と黒の革命	松本清張	●ホメイニ革命直後 緊迫のテヘランを描く
花筐	檀 一雄	●大林監督が映画化、青春の記念碑作「花筐」

P+D BOOKS ラインアップ

人間滅亡の唄	深沢七郎	“異彩”の作家が「独自の生」を語るエッセイ集
アニの夢 私のイノチ	津島佑子	中上健次の盟友が模索し続けた“文学の可能性”
楊梅の熟れる頃	宮尾登美子	土佐の13人の女たちから紡いだ13の物語
記憶の断片	宮尾登美子	作家生活の機微や日常を綴った珠玉の随筆集
幼児狩り・蟹	河野多惠子	芥川賞受賞作「蟹」など初期短篇6作収録
舌出し天使・遁走	安岡章太郎	若き日の安岡が描く青春群像と戦争体験

P+D BOOKS ラインアップ

（お断り）

本書は1979年に潮出版社より発刊された単行本を底本としております。
あきらかに間違いと思われるものについては訂正いたしましたが、
基本的には底本にしたがっております。
また、底本にある人種・身分・職業・身体等に関する表現で、現在からみれば、
不当、不適切と思われる箇所がありますが、著者に差別的意図のないこと、
時代背景と作品価値とを鑑み、著者が故人でもあるため、原文のままにしております。

森 敦（もり あつし）
1912年（明治45年）1月22日―1989年（平成元年）7月29日、享年77。長崎県出身。1974年『月山』で、第70回芥川賞受賞。62歳での受賞は、当時の最高齢受賞だった。代表作に『われ逝くもののごとく』など。

P+D BOOKS

ピー プラス ディー ブックス

P+Dとはペーパーバックとデジタルの略称です。
後世に受け継がれるべき名作でありながら、現在入手困難となっている作品を、
B6判ペーパーバック書籍と電子書籍で、同時かつ同価格にて発売・配信する、
小学館のまったく新しいスタイルのブックレーベルです。

私家版 聊齋志異（りょうさいしい）

2018年2月11日　初版第1刷発行

著者　森 敦
発行人　清水芳郎
発行所　株式会社 小学館
〒101-8001
東京都千代田区一ツ橋2-3-1
電話　編集 03-3230-9355
販売 03-5281-3555
印刷所　昭和図書株式会社
製本所　昭和図書株式会社
装丁　おおうちおさむ（ナノナノグラフィックス）

ISBN978-4-09-352330-1

P+D BOOKS